L. Egarezzo: Vogelinsel

Lupus Egarezzo

Vogelinsel

Books on Demand GmbH

Norderstedt

Alle Personen und Handlungen in diesem Buch sind fiktiv.

Bisher von Lupus Egarezzo erschienen:

„Bernsteinhändler", BoD, 2014

Herstellung und Verlag: BoD Books on Demand, Norderstedt

ISBN: 9783738621327

© Egarezzo 2015

Alle Rechte vorbehalten. Ohne ausdrückliche schriftliche Genehmigung des
Autors ist es nicht gestattet, das Buch oder Teile daraus in irgendeiner
Form durch Fotokopie, Mikrofilm oder andere Verfahren zu reproduzieren
oder in eine für Maschinen, insbesondere Datenverarbeitungsanlagen,
verwendbare Sprache zu übertragen. Dasselbe gilt für das Recht der öffentlichen
Wiedergabe.

„Ich bin der, welcher schließet und öffnet, und ich bin einzig."

(Papyrus des Ani, 1420 v. Chr.)

9

An einem sonnigen Tag in Rieth am Badestrand

Gegen Ende Juli hatte sich das Wetter hier an der Ostseeküste – oder besser: am Stettiner Haff – oder noch besser: am Warper See, der in das Haff einmündet – endlich beruhigt. Die Gewitterstürme hatten nachgelassen, und eine beständige, sonnige Wärme strahlte von Sonnenaufgang bis Sonnenuntergang auf Dörfer und Strände und kleine und große Städte und Wiesen und Felder und Wälder herab. Auch, wenn die Schattentemperatur gelegentlich an die 30° kratzte, empfanden die Menschen diese Wärme doch angenehm – zumindest in Küstennähe, wo durchgängig eine laue Brise für Erfrischung sorgte.

Es war noch Ferienzeit in vielen Bundesländern, und Familien mit Kindern genossen die letzten freien Tage an den vielen kleinen und großen Stränden hier im äußersten Nordosten.

Jetzt – um kurz vor zehn am Morgen – machten sich Sofie und Max mit ihrem Vater auf. Von der alten Schule in Rieth in Richtung Badestrand. Jürgen Ziemann und seine Frau Melanie hatten sich mit ihren beiden Kindern in der zu einer preiswerten Ferienunterkunft umgewandelten ehemaligen alten Riether Schule für vierzehn Tage eingemietet und waren gerade mit dem Frühstück fertig, als die Kinder zum Wasser drängten. Nur in Badeklamotten ging es los. Die Mutter hatte noch ein paar Handtücher eingepackt und Trinkpackungen, der Vater noch schnell sein Mobiltelefon in die Strandtasche geworfen, dann schnappte sich der zehnjährige Max sein aufgeblasenes Krokodil unter den Arm und schon ging es los.

Auf der Dorfstrasse war verkehrsmäßig nichts los. Melanie wollte noch Besorgungen in Ahlbeck (nicht das Ahlbeck auf Usedom!) machen und war schon losgefahren. Die drei anderen schlenderten gemächlich an den vielen kleinen alten Häusern mit ihren bunt gestrichenen Zäunen und schmucken Vorgärten an beiden Seiten der Strasse vorbei, bis die Teerstrasse kurz hinter dem Landgasthaus in eine ebenso breite staubige Schottertrasse überging. Hier gabelte sich der Weg, und es gab zwei Möglichkeiten, zum Strand zu gelangen: der linke, breite Weg führt nach knapp zweihundert Metern zu einem kleinen Yachthafen. Dort gibt es im Sommer einen Kiosk und eine kleine Fischgaststätte. Der rechte, schmalere Weg führt durch ein Kiefernwäldchen, von gelegentlichen Lichtungen durchbrochen. Diesen Weg nahmen die drei, bis sich – ebenfalls nach etwa zweihundert Metern – vor ihnen eine Wiese auftat, auf der noch einige uralte Eichenbäume standen, dazwischen ein Beachvolleyball-Platz und einige Spielgeräte im

Strandsand für Kinder, ganz vorne zwei Sitzbänke und keine fünf Meter weiter das Wasser des Warper Sees. Der Strand war nicht breiter als zehn Meter zu beiden Seiten der Bänke, dann wurde alles wieder vom Schilfgürtel mit seinen Mücken eingerahmt.

Der zehnjährige Max warf sein Krokodil im hohen Bogen ins leise vor sich hin plätschernde Wasser und sprang wild hinterher, während seine achtjährige Schwester etwas vorsichtiger einen Fuß nach dem anderen in die zu dieser Tageszeit noch etwas kalten Fluten setzte. Jürgen Ziemann stellte die Strandtasche auf eine der beiden Bänke ab, holte zwei Badetücher hervor, die er vor der Bank auf der Erde ausbreitete. Dann setzte er sich auf die Bank, die Ellenbogen auf die Rückenlehne gestützt und die Beine lang ausgestreckt. Die Sonne kam von schräg hinter ihm und begann, wohlig seinen nackten Rücken zu wärmen. Er schloss für einen kurzen Moment die Augen, legte den Kopf in den Nacken und atmete tief durch: so konnte man es aushalten. Ein paar Tage noch. Die Kinder waren mittlerweise weit ins Wasser hinausgelaufen, aber es reichte ihnen auch nach dreißig Metern nur bis zu den Hüften. Hier war es flach, und man konnte als Erwachsener gute einhundert Meter hineinwaten, bis die Badehose nass wurde.

„Nicht so weit raus", rief er seinen Kindern zu.

„Wir passen auf", kam es von dem Jungen zurück.

***

Jürgen Ziemann blickte in Richtung des schmalen Pfades, der am Schilfgürtel entlang den kleinen Badestrand mit dem Yachthafen verband: fünf Minuten Gehzeit bis dorthin. Er kramte die Ostseezeitung von vorgestern, die sie aus Ueckermünde mitgebracht hatten, und die noch unten zerknautscht in der Badetasche steckte, hervor, legte sie auf die Bank neben sich und studierte sie in aller Ruhe. Ab und zu hob er den

Kopf und beobachtete das Treiben der Kinder. Keine weiteren Badegäste weit und breit. War wohl noch zu früh.

Max kam raus und suchte sich im nahen Gebüsch einen Stock, den er zuerst in hohem Bogen ins Wasser warf, um ihn dann wieder an sich zu nehmen und direkt neben seiner Schwester auf das Wasser zu schlagen, sodass es richtig schön spritzte und Sofie an zu kreischen fing.

„Hör auf damit!" rief der Vater.

„Ich tu nichts", kam es zurück: „Die stellt sich immer nur an."

Es wurde wieder ruhig an diesem stillen Ort. Vögel zwitscherten im nahen Wald, Möwen lachten und Nebelkrähen krächzten. Dann schrie Melanie wieder auf.

„Ist jetzt Schluss?" Ziemann wurde langsam ungeduldig.

„Papa, da schwimmt was. Ekelhaft!" Das Mädchen rannte laut schreiend aus dem Wasser. Max stand etwa fünfundzwanzig Meter vom Ufer entfernt, blickte auf die Wasseroberfläche und schob etwas mit seinem Stock hin und her.

„Ich glaube, es ist ein Tier, Papa. Komm und kuck!"

Ziemann konnte nichts erkennen. Durch das einfallende Sonnenlicht sah er nur die graue Oberfläche des Warper Sees.

„Du bleibst hier bei der Bank, Sofie."

Ziemann watete vorsichtig ins Wasser. Er hatte eine gute Halbestunde in der Sonne gesessen und sich noch nicht abgekühlt. Das Wasser kam ihm noch recht kalt vor. Doch dann machte er ein paar große Schritte und stand kurz darauf bei seinem Sohn. Neben ihnen trieb ganz langsam eine große weiße Masse – etwa zehn Zentimeter unter der Oberfläche. Max wollte seinen Stock hineinstecken, aber sein Vater riss ihn ihm aus der Hand.

„Das sieht wie ein totes Schaf aus. Fass das nicht an. Komm, wir gehen raus."

Sie machten, dass sie ans Ufer kamen.

„Trocknet Euch ab. Ich rufe die Polizei."

„Was ist das?" wollte Sofie wissen.

„Ein totes Schaf. Es ist ertrunken. Ich weiß nicht, wie das hierher gekommen ist. Geht da nicht mehr ins Wasser."

Die Kinder wollten noch mehr wissen, aber der Vater hatte bereits sein Mobiltelefon hervorgeholt und wartete, dass es hochfuhr und ein Netz fand. Dann wählte er den Notruf.

„Ja, hier Ziemann. Ich bin mit meinen beiden Kindern am Badestrand von Rieth. Hier treibt ein totes Schaf im Wasser."

***

Es dauerte etwa eine Dreiviertelstunde, bis der Polizeiwagen aus Ueckermünde kam. Mittlerweile hatte sich noch ein einheimisches Ehepaar mit ihren Badesachen eingefunden.

„Das kommt von drüben her", meinte der etwa Sechzigjährige und deutet mit dem Kopf in Richtung der Insel, die sich in etwa einem Kilometer

Entfernung aus dem Wasser hob. „Ist nicht das erste Mal."

„Weiden da denn Schafe? Ich dachte das wäre nur Vogelschutz", wollte Ziemann wissen, dessen Kinder es nach der ersten Aufregung jetzt langweilig wurde.

„Ja, und Rinder auch. Völlig frei und ungestört. Schon seit Jahren."

„Und wer kümmert sich darum?"

„Da gibt es einen Verein oder so. Ich weiß nicht mehr, wie der heißt. Die kommen von Leopoldshagen."

Die Kinder vergnügten sich am Waldrand. Und endlich tauchte der Streifenwagen über den holprigen Waldweg auf. Kommissar Falko Naumann stieg aus:

„Guten Tag. Wer von Ihnen hat angerufen?"

„Ich. Mein Name ist Jürgen Ziemann. Meine Kinder haben da hinten im Wasser ein totes Schaf entdeckt."

„Wo denn?"

Ziemann zeigt auf die Stelle, aber man konnte nichts erkennen. Der Polizist machte keine Anstalten, ins Wasser zu gehen.

„Wir warten noch auf die Leute vom Freundeskreis. Die müssten bald hier sein."

Und noch eine halbe Stunde Warten. Inzwischen nahm Naumann die Personalien und die Angaben von Ziemann auf. Der versuchte, seine Frau per Mobiltelefon zu erreichen, damit sie die Kinder abholen käme, aber sie war noch nicht vom Einkaufen zurück. Er selbst wollte sich die Bergung ansehen. Schließlich fuhr ein Landrover mit Anhänger vor und eine Frau und ein Mann stiegen aus.

„Janske", sagte die Frau. „Wo ist das Tier?"

„Müller", stellte sich der Mann vor. Beide waren Mitte dreißig, Wetter gebräunt – drahtig. Naturschützer halt.

„Man sieht von hier nichts. So etwa zwanzig, dreißig Meter ins Wasser rein. Ich kann sie hinführen", bot Ziemann an.

Die beiden Naturschützer zogen ihre Schuhe aus, und die Frau, die sich mit Janske vorgestellt hatte, krempelte sich die Jeansbeine hoch. Müller war ohnehin in Shorts. Dann holte sie zwei Stangen mit Widerhaken an der Spitze vom Anhänger, stiegen ins Wasser und bewegten sich auf die Stelle zu, die Ziemann ihnen angedeutet hatte. Kurze Zeit später fanden sie den Kadaver, der noch immer an der gleichen Stelle vor sich hindümpelte. Sie setzten ihre Hakenstangen ein und zogen damit das tote Tier durchs Wasser, bis es in Ufernähe auf Grund zum Halten kam.

Müller bugsierte sein Gefährt mit dem Heck des Anhängers so nah ans Wasser wie er konnte. So halb aus dem Wasser konnte jeder der Umstehenden jetzt den aufgequollenen, weiß-gelben Körper des Tieres betrachten. Ziemann wurde aufgefordert, mit seinen Kinder zur Seite zu gehen, und die Naturschützer mit Hilfe von Kommissar Naumann zogen den Körper mit Seilen über ein Brett auf die Ladefläche des Anhängers. Ein Veterinär würde später versuchen, festzustellen, woran das Tier gestorben war. Wahrscheinlich war es aber nur ins Wasser gefallen und ertrunken, mutmaßte Müller. Gelegentlich gab es solche Unfälle von der Insel her, und einige Lokalpatrioten regten sich darüber auf und stellten das ganze Schutzkonzept in Frage. – Familie Ziemann sammelte Spielzeug und Badesachen zusammen und machte sich auf den Weg zurück zur alten Schule. Das ältere Ehepaar hatte auch keine Lust auf Baden mehr und folgte ihnen, nachdem Polizeiwagen und Landrover samt totem Schaf den Fundort verlassen hatten.

Riether Werder

Nachts wehen Laute herüber. Übers Wasser. Manchmal klagend. Tiere rufen, Vögel kreischen. Von der Vogelinsel her – vom Riether Werder.

Der Riether Werder ist heute eine Vogelschutzinsel im Warper See im Stettiner Haff zwischen Altwarp, Neuwarp und Rieth. Obwohl erstmalig im dreizehnten Jahrhundert erwähnt, meinen Manche, dass schon zu vorgeschichtlichen Zeiten dort ein heidnisches Heiligtum gewesen wäre. Konkrete Spuren hat man nicht gefunden. Dieselben Leute oder auch andere behaupten, dass es dort zu bestimmten Jahreszeiten nachts spukt. Beweise gibt es nicht.

Die Insel ist kein Quadratkilometer groß und liegt nahe der Grenze zu Polen auf deutschem Gebiet. Neben den weit verbreiteten Vogelarten wie Nebelkrähe, Fischreiher, etlichen Gansarten usw. finden sich hier mehr als fünfzig verschiedene Arten, die man woanders eher selten antrifft: Seeadler, Seeschwalben, Bekassinen, Baumfalken. Wespenbussarde, Rohrweihen, Rotmilane um nur einige zu nennen. Das Betreten der Insel ist verboten. Nur die Ranger vom Freundeskreis Riether Werder aus Leopoldshagen haben Zugang.

Bis Anfang der sechziger Jahre war die Insel noch bewohnt. Vor DDR-Zeiten stand ein Gutshof darauf. Nach der Enteignung wurde er einigen Bauern zugeteilt, die die Bewirtschaftung schließlich aufgaben. Vom Riether Ufer aus kann man noch drei verfallene Gebäude erkennen – ein Haupthaus und zwei Wirtschaftsgebäude. An östlicher Stelle steht ein Windrad. Später hat man wieder mit der Beweidung begonnen. Zwischen Mai und November wird hier eine Kuhherde von mehr als fünfzig Tieren sich selbst überlassen.

Hannover – Herrenhäuser Gärten

„Was ist das? Der Kampf zwischen den beiden Widersachern ist der Tag, an dem Horus mit Seth ficht, wenn dieser schon Unrat dem Horus ins Gesicht schleudert und Horus den Seth entmannt, denn Horus tut dies mit eigener Hand."

Marc Rückers blinzelte in die Sonne, dann schlug er das Totenbuch, „Die Totenbücher", zu. Er lehnte sich zurück auf der Parkbank und sein Blick wanderte von den Rabatten mit den Heidepflanzen über die Wege bis zur Grotte von Niki de Saint Phalle. Der ehemalige Küchengarten des Herzogs Georg von Calenberg hatte sich im Laufe der Jahrhunderte zur großen Parkanlage der

Herrenhäuser Gärten gewandelt. Bei gutem Wetter verbrachte Rückers hier seine Mittagspausen. Allein. Er suchte nur gelegentlich den Kontakt zu anderen Leuten – hauptsächlich dann, wenn er Fragen hatte, etwas nicht verstanden, Hilfe brauchte. Ansonsten genügte er sich selbst.

Der blaue Himmel war ungetrübt von Wolken. Nicht einmal ein Schleier zeigte sich. Der blasse junge Mann, gerade einmal sechsundzwanzig Jahre alt, schob das Totenbuch zur Seite und fischte eine Cola-Dose aus seiner armeegrünen Lorrybag. Seine zusammengekniffenen Augen unter buschigen schwarzen Brauen, die sein mageres Gesicht noch kränklicher aussehen ließen, scannten den Himmel noch einmal in einem einhundertachtzig Grad Halbkreis. Kein Falke. Auch heute nicht.

Er schaute auf die Uhr. Zeit zur Universität zurück zu gehen. Zeit für die Vorlesung. Heute Nachmittag Bioinformatik. Er gähnte. Große Lust hatte er keine. Auch heute wieder nicht. Er verstaute das Buch in seiner Tasche und brach auf, die Cola-

Dose in der Hand. Das war sein Mittagessen –
entweder das oder die Mensa, aber nicht beides.
Dazu reichte sein Geld nicht. Wenigstens hatte er
keine großen Auslagen für Klamotten; ein weißes T-
Shirt und eine löchrige schwarze Jeans und Sandalen
taten ihre Dienste.

Zwischen den Bäumen tauchte schon das alt-
ehrwürdige Gebäude der ehemaligen „Höheren
Gewerbeschule zu Hannover", heute Leibniz-
Universität, auf. Er wartete die Straßenbahn ab, die
gerade vorbei fuhr und kreuzte dann rüber über den
Rasen zum Hauptgebäude. Sein Fach und seine
ursprüngliche Leidenschaft war Biologie,
Vertiefungsfach Ornithologie. Im Laufe der
Semester hatte sich seine Begeisterung
abgeschliffen. Außer in den Parkanlagen hatte er in
den Seminaren noch keinen echten Vogel zu Gesicht
bekommen. Seine Gedanken kreisten um etwas
anderes. Ja, sie kreisten, weil sie zu keinem Schluss
kommen konnten oder wollten. Neben ein paar
halbbeschriebenen Seiten aus seinem Kollegheft und

einigen Stiften befand sich nur das Totenbuch, „Die Totenbücher", in seiner Tasche. Horus ficht mit Seth.

Müden Schritts stieg er die Stufen zum Hauptportal hinauf. Links und rechts von ihm strömten die anderen vorbei. Die Vorlesungen waren gerade zu Ende. Die einen drängten hinaus, die anderen hinein in die Hörsäle. Es waren schon weniger als sonst. Letzte Semesterwoche in diesem Sommer.

***

Marc Rückers stammt aus Hameln. Sein Vater war Entwicklungsingenieur bei VW in Wolfsburg gewesen, verstarb nach einem Verkehrsunfall auf der A3 als Marc zwölf Jahre alt war. Darüber ist der Junge nie hinweg gekommen. Außerdem bedeutete das, dass seine Mutter ihn und seine zehnjährige Schwester allein ernähren musste. Ihr Einkommen aus ihrer Tätigkeit als

Krankenschwester reichte nicht aus, den Kredit für das eigene Haus bedienen zu können. Der soziale Abstieg begann. Dennoch ermöglichte Frau Rückers ihrem Sohn später den Eintritt ins Studium. Sein Fernberufsziel war immer schon gewesen, eines Tages als ausgebildeter Biologe nach Südamerika oder Afrika zu gehen und dort in einer Forschungseinrichtung zu arbeiten.

Was die Sache so in die Länge zog waren einmal Unterbrechungen, da es nicht ohne eigene Jobeinkünfte weiterging, und seine depressiven Phasen, die alles zu verlangsamen schienen: manches Mal jeden Schritt, jede quälende Minute in bestimmten Vorlesungen oder Seminaren, jede sich dehnende Abendstunde allein in seiner Bude in der Hagenstraße hinter dem Bahnhof.

Er suchte Abwechslung und Zerstreuung in Randbereichen, interessierte sich für altägyptische Mythologie, vertiefte sich in die Totenbücher und deren Götterwelt. Er wurde – immer für sich natürlich, da er mehr als Kontakt scheu war, ja andere Menschen, wo es ging, außerhalb des Universitätsbetriebs mied – fast so etwas wie ein Experte in dieser Materie. Mit der Zeit und über die einsamen Abende wurde diese Welt zu seinem zweiten Zuhause. Ein gedanklicher Totentanz mit Horus, Seth, Nut und Re, mit Isis und Osiris.

Und nicht nur abends oder nachts. Diese Kobolde gewannen schleichend auch tagsüber seine Aufmerksamkeit. Er erwischte sich in langweiligen Vorlesungen bei Tagträumen, in den aus dunklen Grüften und Tempeln jene Fabelwesen auftauchten und ihm die Aufmerksamkeit nahmen, die er so nötig zum Studieren brauchte. Langsam aber stetig wurde seine Seele von Schatten eingenommen – zusätzliche Ursache für seine sich verschlimmernde Lethargie.

Als er den Vorlesungssaal wieder verließ, war es 03:00 Uhr am Nachmittag. Er blickte in den blauen Sommerhimmel hinauf: immer noch kein Falke zu sehen.

Auf dem Haff

Jetzt, in der zweiten Augusthälfte, herrschte stabiles Wetter auf dem Haff. Gelegentlich gab es abends ein kurzes Gewitter mit einigen Böen, aber tagsüber wehte eine leichte Brise – ideal für einen kleinen Bootsausflug Richtung Swinemünde über das Wasser. Die Frau auf dem Segler trug über ihren weißen Anorak eine gelbe Schwimmweste, ihr Töchterchen hatte ebenfalls eine Schwimmweste übergezogen bekommen. Am Ruder stand ein Mann mit sportlicher Figur, Anfang bis Mitte 40. Das Boot tuckerte mit Motorkraft die mäandernde Uecker entlang Richtung Ausfahrt ins Haff.

Bootsstandort in diesen Ferien war der Yachthafen in der Lagunenstadt am Ueckerkopf. Sie hatten das Boot vom Rhein her auf dem Anhänger mitgebracht; während des übrigen Jahres lag es in Oberwinter vertäut. Hauptkommissar Thorsten Klein war dort Mitglied im Yachtclub Mittelrhein, wo er auch seinen Segelschein gemacht hatte. Für seine Frau Barbara und ihre Tochter Gina aus erster Ehe war es das erste Mal, dass sie mit einem Segelboot aufs freie Wasser hinausfuhren. Das war schon etwas anderes als auf dem Rhein.

Aber im Moment schlängelten sie sich noch durch ein paar Wiesen mit schwarz-bunten Kühen darauf, an Bewässerungskanälen vorbei. Sie ließen die Marina hinter sich und kamen an der Aussichtsmole ins Haff hinein. Während Klein sich auf seine Segelmanöver konzentrierte, wandten sich die Mutter und Gina Richtung Strand. Da wimmelte es heute von Badegästen. Es war noch Ferienzeit in Mecklenburg-Vorpommern. Am vorderen Strandende ein kleiner Kinderspielplatz, dann der

Pavillon für die Strandkorbvermietung mit dem Rettungsdienst und der Strandaufsicht. Weiter zurück die Strandhalle mit Restaurant, dann das Beachvolleyball-Netz und die Abfahrtstelle für die „Banane".

Als sie weiter draußen waren – jetzt mit Windkraft – hatten sie den ganzen Panoramablick auf die Promenade mit den Verkaufsbuden, Minigolf und kleinen Fisch-Imbissen. Thorsten Klein hielt Richtung Nordost, vorbei am FKK- und am Hundestrand ganz hinten, bis er die Einfahrt zum kleinen Neuendorfer Fischereihafen passiert hatte. Dann drehte er auf Nord-Nordost und hielt direkt auf Swinemünde zu, vorbei an den letzten Aalreusen. Der Strand hinter ihnen wurde immer kleiner.

Barbara Klein hatte zunächst nicht viel von dem Vorschlag gehalten, in diese Gegend zurückzukehren. In Ueckermünde hatte sie vor zwei Jahren die Leiche ihres ersten Mannes identifizieren müssen. Im Zuge der Ermittlungen wegen dessen Rolle beim Schmuggel von spaltbarem radioaktivem

Material hatte sie dann den Hauptkommissar kennen gelernt, der sich fürsorglich um sie bemüht hatte. Ein Jahr später hatten sie geheiratet. Und jetzt waren sie wieder hier zum Segelurlaub.

Sie würden heute auf Swinemünde zuhalten, in die Kaiserfahrt einlaufen, an den polnischen Anglern vorbei, die die Einfahrt säumten, und die Nacht im Yachthafen von Swinemünde verbringen. Etwa einhundert Meter vor ihnen rauschte in zwanzig Metern Höhe eine Schar pommerscher Gänse vorüber. Gina war ganz aus dem Häuschen.

An einem regnerischen Tag in Altwarp

Benny Neuwerk und der alte Johann Ziens waren seit fünf Uhr morgens unterwegs gewesen mit ihrem kleinen Kutter: Aalreusen leer machen und Netze einholen zum reparieren. Es war gerade einmal 09:30 Uhr. Die Sonne fing schon an zu brennen. Gut, dass eine leichte Brise wehte. Die beiden saßen auf zwei alten Stühlen vor dem Eingang der Fischereigenossenschaft im kleinen Hafen in Altwarp nebeneinander und rauchten.

„Ich könnte schon was essen", meinte Benny.

„Und ich was trinken. Wird wieder schön heute. Ich geh mal rüber zu Käthe."

Ziens stand auf, ging an dem langen, einstöckigen Gebäude entlang Richtung Straße und dann in die Fischbratstube hinein:

„Moin Käthe. Na, schon auf?"

„Wat machst Du denn schon hier um diese Zeit?"

„Haste wat anzubieten? Benny und ich sind schon seit früh unterwegs gewesen. Was gibst denn Leckeres um diese Zeit?"

„Frischen Zander von heute Morgen. Willste n´ Stück?"

„Ach nee. Zander hatte ich gestern. Was gib´s noch?"

„Hier haben wir Quappe. Soll ich zwei anbraten?"

„Mach mal."

„Auch Bratkartoffeln?"

„Nee, ist noch zu früh. Aber gib mal zwei Flaschen Lübzer. Gleich aufmachen. Wir sitzen am Anleger."

„Ich sag Euch Bescheid."

Ziens nahm die beiden Bierflaschen und setzte sich wieder neben Benny, die Beine lang ausgestreckt.

„So kann man´s aushalten."

Benny sagte nichts.

„Was ist? Hast Du heute noch was vor?"

„Genug. Muss noch die Netze aufhängen, dann zuhause die Garage ausräumen. Ein Saustall. Hab schon ewig nichts mehr dran getan. Nur immer reingeschmissen. Als ich neulich den Außenborder suchte, kam ich nicht mehr durch. Wird langsam Zeit."

Dann war Ruhe. Aus der Bratstube wehte der Quappengeruch rüber. Jeder hing seinen Gedanken nach. Das Wasser im Hafenbecken gluckste träge gegen die Beckenwände, die wenigen Boote im Hafen dümpelten leise vor sich hin. Es herrschte Frieden.

Johann wurde die Zeit lang: „Ich geh mal nach hinten." Er schlenderte den Kai entlang bis zum Wasser, dort wo die Campingwagen standen.

Ein kleiner Pudel, der es sich vor dem Eingang eines Wohnmobils in der Sonne bequem gemacht hatte, sprang bellend auf, aber der Fischer kümmerte sich nicht um ihn. Er stand jetzt am Rande des Hafenbeckens mit Blick auf den Riether Werder im Warper See, der irgendwo weiter hinten ins Stettiner Haff mündete. Ziens blickte ins Wasser hinüber zu den Anlegepfählen. Eine kleine schwarze Ringelnatter pflügte zwischen zwei Pfählen hindurch – den Kopf wie ein Fragezeichen gebogen über der Oberfläche.

Ziens schien es an der Zeit, nach den Quappen zu fragen, und er wollte sich gerade vom Wasser abwenden und zurück gehen, als ihm weiter vorne Richtung Werder, etwa zwanzig Meter hinaus, etwa auffiel. Da trieb etwas, was da nicht hingehörte. Außerdem war die Sonne weg, und die Brise holte auf. Er schaute zum Himmel. Da zog etwas auf. Wolken von See. Graue Wolken, weiter übers Wasser wurde sie dunkler. Zwischen hier und Swinemünde war die Wolkendecke dicht.

Ziens kniff die Augen zusammen und blicke wieder aufs Wasser zu dem Treibgut hinüber. Es bewegte sich kaum. An dieser Stelle war die Strömung schwach.

„Essen fertig!" tönte es von hinten rüber.

„Komme."

Käthe hatte die beiden Teller mit den knusprigen Quappenteilen nach draußen gebracht. Die beiden Männer bleiben auf ihren Stühlen und hielten die Teller auf ihren Knien. Sie hätten sich auch in das kleine Restaurant setzen können oder an einen der Tische davor, wollten sich aber nicht gern unter die Touristen mischen, die jetzt langsam eintrudelten. Die Bierflaschen standen auf dem Betonboden neben den Stühlen.

„Es gibt gleich was", meinte Benny.

„Ja. Für den Rest des Tages. Die ersten Tropfen fallen schon."

Sie rückten ihre Stühle weiter nach hinten gegen die Wand des Lagerhauses, um unter den Dachvorsprung zu kommen.

„Du, dahinten schwimmt was."

„Wo?"

„Dahinten, Richtung Insel. Irgendetwas Großes."

„Was denn?"

„Konnte ich von da nicht sehen. Wenn wir fertig sind, fahr ich mal eben raus und guck mir das an. Holz war´s nicht."

„Soll ich mitkommen?"

„Ist nicht nötig. Wahrscheinlich nur wieder so ein Müllsack von einem der Sommerboote. Den hol ich alleine raus."

„Wenn du meinst. Ich bleib noch etwas hier. Wenn Du mich brauchst, sag Bescheid."

Sie hatten fertig gegessen. Benny brachte die Teller zurück. Die Bierflaschen waren noch halb voll. Johann Ziens kletterte eine Leiter an der Kaimauer hinunter in ein kleines Ruderboot, taute es los und stieß sich ab. Zwei, drei kräftige Ruderstöße brachten ihn in Richtung Hafenausfahrt. Er hielt an den Anlegepfählen vorbei auf die graue Masse zu und war nach einer halben Minute da. Dann drehte er sich um. Benny saß noch immer auf seinem Stuhl, die Bierflasche in der Hand und hatte ihm nachgeschaut.

„Ruf in Ueckermünde an, schnell! Hier treibt ne Leiche!" brüllte Ziens übers Wasser. Mittlerweile hatte der Regen eingesetzt. Benny rannte zum Ende des Kais:

„Was für eine Leiche?"

„Weiß ich nicht, sieh zu!"

Benny rannte zurück, bog am hinteren Ende des Hafenbeckens nach links und dann in das rote Backsteingebäude vor den öffentlichen Parkplätzen hinein. Der Hafenmeister las den Nordkurier.

„Was ist los, Benny? Bist Du auf der Flucht?"

„Da schwimmt ne Leiche."

„Wo?"

„In der Ausfahrt. Johann ist bei ihr mit dem Boot."

Der Hafenmeister Jörn Brandes war mit einem Male hellwach. Er zog sich eine Regenjacke über, denn die brauchte er nun und rannte mit Benny Richtung Anleger. Ziens war immer noch draußen bei dem Treibgut.

„Lass das Ding treiben und bleib dabei. Auf keinen Fall anrühren oder bergen oder so. Ich ruf an." Auch Brandes konnte von seiner Stelle aus nichts erkennen: „Bist du sicher?"

Ziens rief zurück: „Ich kenn mich damit aus. Ist nicht meine erste. Der ist mausetot. Da ist nichts mehr zu machen."

Brandes lief zurück in sein Büro, wählte die Nummer der Wasserschutzpolizei-Station am alten Bollwerk in Ueckermünde. Sie würden sofort rauskommen. Dann ging er langsam wieder nach vorne. Mittlerweile hatten einige Camper gemerkt, dass da draußen irgendetwas los war. Sie kamen aus ihren Wagen gekrochen, manche direkt aus den Kojen und wollten wissen, was die Unruhe zu bedeuten hätte. Schulterzucken.

***

Das Polizeiboot brauchte eine gute halbe Stunde inklusive Bereitstellung der Bergungsausrüstung. Hauptkommissar Schnur kommunizierte mit Brandes per Mobilfunk vom Wasser aus. Brandes dirigierte das Polizeiboot in die Nähe der Leiche. Mit geübten Griffen und entsprechender Ausrüstung war der Tote in kürzester Zeit geborgen und dann in einem Plastiksack verschlossen. Die Neugierigen hatten kaum etwas sehen können. Ziens hatte sein Boot wieder angelegt, und die Polizeibarkasse kam rüber ins Hafenbecken zur Protokollaufnahme. Ziens und Brandes gingen an Bord und gaben an, was sie gesehen hatten. Schnur kannte den Toten:

„Das war der junge Herbig, von drüben, vom Werder, der Sommerwart."

„Was ist passiert?" wollte Ziens wissen.

„Können wir jetzt noch nicht sagen. Ist eigentlich nicht mehr unsere Sache. Wir übergeben an Wolter von der Kripo. Ich ruf ihn gleich an. Kann sein, dass der Euch noch mal vernimmt. Macht´s gut."

Die beiden gingen von Bord. Sie wussten, dass man seit Neuestem einen Wohn-Container auf dem Riether Werder errichtet hatte, indem ein ständiger Ranger untergebracht war. Für den Sommer hatte man sich jemanden gesucht, der Interesse an der dortigen Tierwelt hatte und gewisse Voraussetzungen mitbrachte. Irgendein Forschungsprogramm in Zusammenarbeit mit der Universität von Stettin. Was genau, wusste hier keiner. Den Sommerwart hatte man auch nicht gekannt.

„Was da wohl läuft?" wollte Benny später wissen. Sie hatten sich auf den Schreck noch Bier nachgeholt. Die Camper waren wieder verschwunden. Kein Wunder: es regnete in Strömen.

Ueckermünde

Am Tag danach, an der Liepgartener Straße, saßen Hauptkommissar Wolter und Kommissarin Nicole Reuter gemütlich beim Kaffee zusammen in Wolters Büro. Der Regen hatte sich seit gestern verzogen, und strahlendes Sommerwetter wieder eingesetzt. Sie besprachen die laufenden Ermittlungsfälle. Es hatte wieder Diebstähle in kleinen Yachthäfen gegeben. Irgendwelche Leute drangen nachts in Sportboote ein und nahmen alle möglichen Sachen mit: von Segelausrüstungsgegenständen bis mehr oder weniger wertvollen Einrichtungs- und Dekorationsobjekten und – falls vorhanden –

natürlich Bargeld und Kreditkarten. Es lagen mittlerweile vier Anzeigen aus den letzten drei Wochen vor: zwei aus Mönkebude, eine aus Ueckermünde selbst und eine aus Vogelsang-Warsin.

„Da steckt System drin", meinte Wolter. „Das sind immer dieselben. Davon bin ich überzeugt. Naumann und Kirn gehen der Sache nach. Was macht Dein Autodiebstahl, Nicole?"

„Noch keine Spur. Den Wagen werden wir wohl irgendwann abgestellt mit leerem Tank Richtung Anklam auffinden. Zeugen gibt es keine. Wird wohl ne Karteileiche werden. – Übrigens – Du glaubst nicht, wen ich heute Morgen getroffen habe. Hier, am Schweinemarkt. In voller Größe."

„Ja, wen denn?"

„Rate mal!"

„Wie kann ich das wissen. Schieß schon los. Nen ehemaligen Kunden?"

„Nee, überhaupt nicht. Und ich soll Dich schön grüßen: den Klein."

43

„Welchen Klein?"

„Na, Du weißt schon – aus Köln oder Bonn dahinten. Der von dem Uranschmuggel."

„Ach der. Was will der denn hier? Will der uns wieder zeigen, wie´s gemacht wird?"

„Na, so schlecht war das ja nicht. Ohne den hätten wir den Fall nicht gelöst gekriegt."

„Wer sagt das? Wir waren nah genug dran. – Aber egal. Was macht der hier?"

„Auf Urlaub. Mit seiner Frau …. und seinem Kind."

„Ich dachte, der war nicht verheiratet."

„War der auch nicht – aber ist er jetzt. Und weißt Du mit wem?"

„Mit wem denn?"

„Mit der Witwe, der von dem Bernsteinhändler."

„Donnerwetter, das ging ja schnell. Da hat er sich aber rangehalten."

„Kann man wohl sagen."

Kurze Pause. Der Kaffee wird ausgetrunken.

„Bevor wir hier Schluss machen – gestern Mittag ist noch was reingekommen. Von Schnur. Da hat jemand im Wasser getrieben, in Altwarp, tot. Junger Mann. War Vogelwart auf dem Werder. Die Leiche ist in der Forensischen. Vielleicht rufst Du die mal an, ob die schon fertig sind. OK?"

„Wird erledigt. Bis dann."

***

Ergebnisse lagen nachmittags vor. Sie brauchte nicht hinzufahren. Der schriftliche Bericht war unterwegs. Der Rest wurde telefonisch erledigt. Es gab keine äußere Gewalteinwirkung. Sebastian Herbig war ertrunken. Einfach so. Dabei gab es keine Steilwand, keine Klippen oder hochgelegene Bauwerke direkt am Strand. Der Schilfgürtel erstreckte sich sanft bis ans Wasser. Es gab ein, zwei Stellen, an denen es etwas tiefer war, dort wo man anlegen konnte. Und an einer dieser Stellen war der junge Mann wohl hineingefallen.

45

Aber es gab wohl einen bestimmten Grund, warum er so einfach ertrunken war. Die Obduktion hatte ergeben, dass er voll Heroin gewesen war. Der Sommerwart war wohl ein Junkie gewesen, ohne dass es jemandem beim Vorstellungsgespräch aufgefallen war. Nicole Reuter nahm sich vor, bei den Leuten in Leopoldshagen vorzusprechen, wenn sich die Gelegenheit ergab.

Am Steinhuder Meer

Das Wetter war durchwachsen an diesem Samstagmorgen. Die Sonne kam nicht richtig durch. Immer wieder zogen Schönwetterwolken an ihr vorbei. Dadurch wollte es auch nicht so richtig warm werden. Da Marc Rückers sich aber einmal entschlossen hatte, wollte er nicht davon ablassen. Er wollte sich an diesem Wochenende einmal so richtig entspannen. Im Hauptbahnhof kaufte er sich die Hannoversche Allgemeine, ein paar Schokoriegel und eine kleine Flasche Multivitaminsaft. Dann löste er am Fahrkartenautomaten einen Fahrschein, der ihn mit dem Regionalexpress bis nach Neustadt am Rübenberge bringen würde.

Der Zug fuhr um 11:21 Uhr ab. In zwanzig Minuten würden sie an der Bahnstation im Zielort sein. Dann noch schnell zur Bushaltestelle und dann weiter zum Ortsteil Mardorf – noch einmal zwanzig Minuten. Dann war er schon am Nordufer des Steinhuder Meeres.

Rückers fuhr gelegentlich hierhin, um dem Universitätsalltag zu entkommen. Er liebte das Nordufer mir den vielen Stegen und Segelbooten, den urigen Kneipen, in denen er aus verständlichen Gründen nur wenig Geld lassen konnte. Und so machte er sich auf den Uferweg auf Richtung Campingplatz, um sich dort ein ruhiges Plätzchen auszusuchen. Mittlerweile hatte die Sonne an Kraft gewonnen, sodass er sein Sweatshirt in den Rucksack verstauen konnte.

Das Steinhuder Meer ist ein Überbleibsel aus der letzten Einszeit von vor über 14 000 Jahren. Im Laufe der Zeiten setzte eine Verlandung ein, sodass

es in der Umgegend Hochmoore gibt, die zu
Landschaftsschutzgebieten erklärt wurden. Neben
ausgedehnten Badestränden, gibt es auch kleinere
Buchten, die von Büschen und Bäumen umstanden
sind, von Schilfgürteln umrahmt. Auch der
Campingplatz direkt am Ufer lag zwischen Büschen
und Bäumen. Die meisten Leute aus der Umgegend
machten noch ihre Wochenendbesorgungen, sodass
zu dieser Tageszeit nur die eigentlichen Touristen
den See bevölkerten. Rückers fand sein, wenn auch
nicht komplett einsames, so doch einigermaßen
ruhiges gewohnheitsmäßiges Plätzchen und streckte
sich erst einmal auf dem Gras, keine drei Meter vom
Ufer entfernt, aus, den Blick nach oben, den
vorbeiziehenden Wolken folgend.

Es dauerte nicht lange und Marc Rückers
döste ein.

***

Er hörte die Rohrdommel rufen aus den Sümpfen, aus den Verstecken im Schilf heraus.

Horus lauschte und blickte zum Himmel. Es wurde Zeit. Er hatte genug. Genug vom Verstecken spielen, genug vom Warten auf den großen Tag, genug von seiner Mutter Isis. Er hatte eine Aufgabe, ein Ziel, zu dem er verdammt war. An diesem Tag würde er sich rüsten und frei machen. Seth saß schon zulange auf seines Vaters, des Osiris, Thron. Krieg sollte sein. Heute würde er Abschied nehmen von den Sümpfen bei Buto. Er würde seine verbündeten Götter aufsuchen ....

***

Etwas sprang auf Rückers Bauch.

Erschrocken riss er die Augen auf. Ein kleiner Junge kam angerannt und holte sich seinen Ball wieder.

„Entschuldigung."

„Macht nichts."

Rückers setzte sich auf und fischte sich einen Schokoriegel aus dem Rucksack zusammen mit der Tageszeitung. Die große Politik interessierte ihn nicht, sodass er die ersten beiden Seiten überschlug und gleich zum Lokalteil kam. Nach zehn Minuten hatte er genug und legte sich wieder, dieses Mal auf den Bauch. Den Kopf zur Seite gedreht.

***

Horus trug einen Sieg nach dem anderen davon, doch Seth rappelte sich immer wieder auf. Der Krieg nahm kein Ende. Und schließlich klagte sein Widersacher ihn vor dem Göttergericht an ….

***

Rückers konnte einfach nicht schlafen und griff wieder zur Zeitung. Vielleicht stand ja etwas Interessantes in den Stellenanzeigen. Manchmal gab es Nebenverdienstmöglichkeiten für Studenten. Die großen Karriereangebote ließ er aus. Ohnehin waren die in den Printmedien jetzt dünn gesät. Es lief ja alles über das Internet. Sein Blick fiel auf eine kleinere Anzeige noch im überregionalen Teil:

VOGELKUNDLER gesucht.

In den Ausführungen erfuhr er, dass die Anforderungen nicht sehr hoch waren: „auch für Studierende biologischer Wissenschaften geeignet." Es handelte sich um einen befristeten Job. Sommerwart auf einer Vogelschutzinsel in Mecklenburg-Vorpommern. Der Ort sagte ihm nichts. „Einsatz ab sofort."

Rückers riss die Anzeige heraus und steckte sie in den Rucksack. Er würde das noch einmal zuhause studieren und dann da anrufen. Nicht schlecht: endlich einsame Tage und Nächte ganz allein auf einer Insel im Sommer. Eins mit der Natur, Vögel und vielleicht auch Falken. Dann nahm er seine Totenbücher heraus und begann zu lesen.

Zum x-ten Mal dasselbe.

Horus und Seth

Auch nach achtzig Jahren war das Göttergericht noch nicht zu einer Entscheidung gekommen. Die Verhandlung fand in Heliopolis statt. Ein Problem bestand darin, dass sich die Richter, besonders der Vorsitzende Re-Harachte, immer wieder der Meinung des zuletzt vernommenen Zeugen anschloss. Nachdem dann Schu und Thot sich auf die Seite von Horus stellten, nahm Isis an, dass die Sache damit erledigt war. Das Auge der Königsmacht konnte an Horus übergeben werden. Re-Harachte widersprach. Seth schlug einen Zweikampf zwischen ihm und Horus vor. Thot stimmte nicht zu. Ein neuer toter Punkt war erreicht.

Weitere Götter wurden geladen: der Widder von Mendes, Ptah, Neith. Kompromissvorschlag: Horus bekommt den Thron, Seths Besitz wird verdoppelt, und er bekommt zwei weitere Frauen zugesprochen.

***

Marc Rückers schaute auf. Die Sonne schien angenehm warm. Er hatte das Gefühl, sich entschieden zu haben. Er würde später noch einmal darüber nachdenken.

***

Das Gericht tagte weiter. Isis war inzwischen ausgeschlossen worden. Sie bereitete eine Intrige vor: durch ihre Verwandlung in eine schöne junge Frau gelang es ihr, den Fährmann zu bestechen, der sie zu der Insel brachte, auf der das Gericht tagte. Seth warf ein Auge auf die junge Frau, die ihm eine

Lügengeschichte auftischte: ihr Mann sei gestorben, aber ein Fremdling war gekommen, ihren Sohn umzubringen und ihr das Vieh fortzunehmen. Da sprach Seth den folgenschweren Satz:

Soll Vieh an Fremde fallen, wenn ein Mann einen Sohn zum Erben hat?

Daraufhin nahm Isis die Gestalt eines Raubvogels an, erhob sich in die Lüfte und schrie Seth zu, er habe damit sein eigenes Urteil gesprochen. Als Seth sich daraufhin bei Re-Harachte beschwerte, konnte dieser nicht anders, als dieses Urteil zu bestätigen. Horus konnte nun gekrönt werden.

***

Marc Rückers legte das Buch für einen Augenblick zur Seite und schraubte sein Fläschchen mit Mulivitaminsaft auf. Er war durstig geworden – von der Wärme der Sonne und von den Geschichten in den Totenbüchern, die er in seinem Kopf zerlegte,

wieder zusammensetzte und – wo war er? Er kam
nicht vor. Vielleicht doch. War er nicht auch in
Heliopolis gewesen? Wie war sein Name?

Er war sich fast sicher, dass er den Job
annehmen würde.

**

Seth weigerte sich, da mitzugehen. Dieses
Mal wurde der Vorschlag nach einem Zweikampf
angenommen. Beide verwandelten sich in
Flusspferde, die sich unter Wasser drücken sollten.
Isis stand auf der Seite von Horus und wollte Seth
mit einer Harpune töten, traf jedoch Horus. Beim
nächsten Mal traf sie Seth, der sie um Gnade bat, die
Isis ihm gewährte. Aus Rache enthauptete Horus
daraufhin seine Mutter. Die Götter forderten ein
Strafgericht.

Horus war verschwunden, aber Seth
entdeckte ihn und riss ihm beide Augen aus, die er

vergrub. Den Göttern sagte er, er habe Horus nicht angetroffen ….

***

Rückers hatte genug für heute. Er schlug das Buch zu. Er würde es demnächst weiterlesen – vielleicht auf der Vogelinsel. Er nahm noch einmal die Anzeige zur Hand.

VOGELKUNDLER gesucht.

Der Freundeskreis Riether Werder stellt ab sofort einen

Vogelwart

auf der Insel Riether Werder in Altwarp in der Nähe von Uekermünde befristet für drei Monate ein.
Voraussetzungen:

- Interesse an Natur und Vögel
- körperlich ausdauernd und gesund

Die Aufgabe ist auch für Studierende biologischer Wissenschaften geeignet. Die

Arbeit bedingt selbständiges Arbeiten ohne
Außenkontakt. Wohncontainer und
Verpflegung werden gestellt.
Interessenten kontaktieren bitte ….

Gebongt.

Er würde am Montagmorgen sofort da
anrufen. Das musste es sein. Marc Rückers packte
seine Sachen, stand auf und machte sich beschwingt
auf den Weg Richtung Bushaltestelle in Mardorf.

Leopoldshagen

Wenn man die Autobahn A20 vom Berliner Ring Richtung Stettin nimmt, kommt man nach einer Stunde an das Autobahnkreuz Uckermark. Man hält sich Richtung Neubrandenburg / Rostock und fährt bei Pasewalk auf die B109 Richtung Ueckermünde nach Norden. Über Jatznik fährt man weiter nordwärts bis zum Abzweig in Ducherow. Dort biegt man nach links ab in Richtung Ueckermünde. Der nächst größere Ort ist dann Leopoldshagen.

Marc Rückers hatte sich ein nicht mehr ganz TÜV-sicheres Auto von einem Kommilitonen geliehen. Er hatte gut fünf Stunden von Hannover gebraucht, aber der Wagen hatte nicht aufgegeben. Maximalgeschwindigkeit 130 km/h. Jetzt fuhr cr in Leopoldshagen in Mecklenburg-Vorpommern ein, einer kleinen Landgemeinde mit einigen hundert Einwohnern. Da er kein Navigationsgerät dabei hatte, musste er sich durchfragen. Der Freundeskreis hat sein kleines Büro an der Dorfstraße in der Nähe einer alten Fachwerkkirche. Rückers fand problemlos eine Parkmöglichkeit. Er hatte sich für das Gespräch mit Frau Janske in Schale geworden. Zumindest hatte er es versucht. Statt seines üblichen abgetragenen T-Shirts trug jetzt ein sauberes kariertes Hemd und ein Sakko darüber. Er fühlte sich unwohl. Solche Vorstellungstermine waren wie Prüfungen. Sein flaues Gefühl im Magen würde erst vergehen, wenn er wieder im Auto Richtung Berlin sitzen würde. Unterwegs hatte er an einer Raststätte eine Kleinigkeit gegessen, damit sein Magen nicht ganz leer war.

Der Termin war mit einer großzügigen Toleranz auf zwischen 13:00 und 14:00 Uhr festgelegt worden. Die Tür zum Büro war nur angelehnt an diesem sonnigen Tag. Er klopfte zaghaft.

„Kommen Sie herein", erklang von drinnen eine fröhliche weibliche Stimme. Ach ja, er war mit einer Frau verabredet. Wenn das nur gut ging. Er trat ein, nannte seinen Namen. Die sportliche Frau Mitte 30 kam hinter ihrem Schreibtisch und Laptop her auf ihn zu:

„Sie sind sicher Herr Rückers."

„Ja, genau."

„Janske, bitte setzen Sie sich. Möchten Sie einen Kaffee?"

Rückers lehnte dankend ab. Nur nicht noch mehr aufregende Stimulanz. Sie hatte seine Bewerbung vor sich:

„Erzählen Sie mir von Ihrem Studium."

Das war kein Problem. Er erzählte ihr in großem Detail von seinen Fächern, seinen Vorlieben, seinen Interessen an Vögeln. Dann kam die Stelle in dem Interview, bei der er ins Stocken geriet: Erfahrung. Er hatte keine. Aber er war Einsamkeit gewohnt. Er reiste ohne Anhang durchs Leben. Er hatte keinerlei Rücksicht auf Abhängige zu nehmen. Aber er merkte, dass das die schwierige Stelle bei dem Verhör war. Seine Schüchternheit, die er während der ersten Erzählphase abgelegt hatte, kehrte zurück. Sein Redefluss versiegte. Er wand sich hin und her.

„Wir haben in der Anzeige absichtlich nicht geschrieben, dass wir erfahrene Ranger suchen. Ich möchte Ihnen jetzt etwas über die Aufgabenstellung und die Abläufe erzählen."

Frau Janske holte weit aus, beschrieb die Mission ihres Freundeskreises. Dann kam sie irgendwann auf den Riether Werder zu sprechen, jener geheimnisvollen Insel, die im Zentrum dieser Bewerbung lag. Die Frau spulte eine Reihe von Fakten zunächst aus der Geschichte ab, dann jede Menge Statistiken über die diversen Vogelarten, die es dort gab. Schließlich kam sie zum Punkt: was sollte seine konkrete Aufgabe sein, sollte er den

Posten bekommen? – Es stellte sich heraus, dass er während der ganzen drei Monate die Insel nicht verlassen würde. Seine Verpflegung würde per Boot einmal in der Woche sicher gestellt sein. Er würde in einem Wohncontainer mit Stromaggregat untergebracht sein. Während der ganzen Zeit sollte er zählen. Vögel zählen. Sie zeigte ihm eine Art Kartenspiel. Auf jeder Karte war ein farbiges Foto eines Vogels aufgedruckt. Das war seine Orientierungshilfe. – Und er sollte die Augen offen halten, falls ungewohnte Ereignisse auftreten würden.

***

„Und jetzt fahren wir raus. Ich zeige Ihnen Ihren Arbeitsplatz."

Das kam unerwartet. War er schon eingestellt? Gab es keine anderen Bewerber mehr?

„Nicht, dass Sie meinen, Sie hätten den Job schon. Das machen wir mit allen Interessenten.

Schließlich sollen sie sehen, was auf sie zukommt, damit sie sich richtig entscheiden können. Wir nehmen unseren Geländewagen. Sie können Ihr Auto hier stehen lassen. Wir kommen wieder nach hier zurück."

Er sagt gar nichts mehr. Irgendwie passte es ihm nicht so ganz. Er fühlte sich überrumpelt. In dem Büro hatte er sich sicher gefühlt. Aber jetzt, als es ernst zu werden begann, beschlich ihn ein flaues Gefühl. Die Frau schien das zu bemerken. Sie warf ihm einen kritischen Blick zu.

„Alles OK?"

„Klar, klar."

Sie fuhren aus dem Ort hinaus weiter in Richtung Ueckermünde.

„Wie weit ist das?"

„Ein ganzes Stück. So gute zwanzig Kilometer. Waren Sie schon einmal in dieser Gegend?"

„Noch nie."

„Kennen Sie Mecklenburg-Vorpommern?"

„Nein", war Rückers einsilbige Antwort.

„Sie werden es mögen. Jeder, der hier schon einmal eine Zeit verbracht hat, kommt gerne wieder."

Rückers schaute aus dem Fenster. Dichte Wälder wechselten sich mit riesigen Weiden ab, auf denen ab und zu große Kuhherden grasten. Nach einer knappen Viertelstunde, in der wenig bis überhaupt nicht gesprochen wurde, ging's am Zoo vorbei nach Ueckermünde hinein. Frau Janske nahm die Umgehung Richtung Torgelow und bog dann kurz hinter dem Polizeigebäude nach links Richtung Altwarp ab. Sie verließen die alte Hansestadt Ueckermünde schon bald und passierten Bellin. Hinter Bellin nahmen sie die Straße nach Ahlbeck. Es wurde einsam.

„Sind bald da."

Der Arsch der Welt, dachte Rückers, sagte aber nichts. Sie kamen an einer Straußenfarm vorbei, und kurz vor Ahlbeck ging es weiter in Richtung Rieth.

„In Rieth liegt unser Boot. Von da geht's nur noch übers Wasser", erklärte die Frau vom Freundeskreis. „Von dort aus werden Sie auch versorgt."

Das malerische Dorf Rieth mutete an wie eine Künstlerkolonie. Sie passierten den kleinen Dorfplatz und fuhren langsam an hübschen Vorgärten und schmucken kleinen Häuschen vorbei. Dann wurde es holprig und die Straße ging in einen ungeteerten Wirtschaftsweg über. Frau Janske parkte den Wagen am Waldesrand kurz vor einer Schranke. Sie waren nicht die Einzigen. Da standen schon andere Autos herum. Hinter der Schranke tat sich eine große Lichtung auf. Rechter Hand gab es einen Kiosk mit Terrasse und Fischrestaurant. Auf den Bänken sonnten sich Menschen, die den Blick über das Wasser genossen. Fünfzig Meter hinter der Schranke kamen sie ans Wasser. An dem mehrarmigen Betonsteg dümpelten etwa zehn Boote vor sich hin. Weiter rechts gab es noch einen kleineren Holzsteg, an dem auch noch drei Boote lagen. Frau Janske musterte die Boote. Ihr Blick blieb kurz auf einem kleineren Holzkahn haften. Dann zuckte sie mit den Schultern und steuerte auf ein bestimmtes Motorboot zu. Die Persenning lag zusammengerollt im Heck. Die Frau sprang hinein.

„Kommen Sie."

Marc Rückers wollte einen Fuß vorsetzen, aber das Boot machte gerade eine Bewegung vom Steg weg. Außerdem wusste er nicht, wo er sich festhalten sollte. Er hatte keine Erfahrung mit solchen Dingen und kam sich reichlich blöd vor.

„Einfach einen großen Schritt machen. Warten Sie, ich helfe Ihnen."

Sie streckte ihre Hand vor. Er ergriff sie, nahm sich ein Herz und setzte einen Fuß ins tiefer liegende Boot hinein. Das Boot machte wieder eine Bewegung. Er zog das andere Bein nach und wäre fast auf die Frau gefallen. Seine Beine zitterten.

„Na ja, Sie sollen ja nicht zur See fahren, sondern bloß Vögel zählen. Hier nehmen Sie." Sie reichte ihm eine grüne Schwimmweste, während sie sich selbst eine andere überzog.

„Ich kann schwimmen", wandte der junge Mann ein.

„Vorschrift."

Marc Rückers spähte nach vorn, Richtung Insel. Die Frau musterte ihn skeptisch von der Seite. Gegenüber sah er viel Schilf, wenige Vögel und irgendwo in der Mitte auf dem Eiland drei Backsteinruinen. Ganz hinten ein Windrad. Die Frau warf den Motor an, und er setzte sich hinten auf die Bank. Sachte tuckerte das Boot Richtung Windrad. Rückers nahm jetzt den Wohncontainer wahr. Davor war ein Bootsanleger.

***

Sie zeigte ihm seine Pfade, die er täglich zu gehen hatte, die Brutstätten und Nester, die er zu zählen hätte, und zuletzt den Wohncontainer. Er war nicht verschlossen.

„Hier kommt niemand hin, außer uns. Man braucht nicht abzuschließen."

„Was sind das für Häuser dahinten?"

„Das sind die Reste von dem alten Gehöft. Bis nach dem Krieg wurde diese Insel noch bewirtschaftet. Das waren das Bauernhaus und die Ställe. Sie haben ja die Rinderherde hinter der Umzäunung gesehen. Die sind den Sommer über auf sich gestellt. Im Winter werden die dann abgeholt."

Der Container fasste drei Räume. Einen Wohnraum mit Küchenschrank, Spüle, Kochgelegenheit, Esstisch und zwei Stühlen. In der anderen Ecke ein Schreibtisch. Alles sehr spartanisch. Durch eine Tür kam man in den Schlafbereich mit einem Etagenbett, dessen obere Etage nicht genutzt wurde. Es gab einen Kleiderschrank und einen weiteren Stuhl. Schließlich hinten Dusche und Toilette, daneben eine Art Rumpelkammer.

„Wir haben einen Brunnen gebohrt, und das Wasser wird hoch gepumpt. Das Wasser sollten Sie abkochen, wenn Sie es trinken wollen. Zum Kochen ist es OK. Zum Trinken liefern wir Ihnen Mineralwasser. Außerdem haben wir von der Altwarper Seite ein Stromkabel unter Wasser verlegt. Im Notfall gibt es noch ein Dieselaggregat. In dem kleinen Schuppen hinter dem Container. Na, was sagen Sie? Gefällt Ihnen Ihr Arbeitsplatz?"

Marc Rückers war noch stiller geworden. Er dachte die ganze Zeit schon, dass er hier Woche für Woche, den ganzen Sommer lang, allein und nur für sich sein sollte. Das hatte er sich doch gewünscht, als er die Annonce gelesen hatte.

„Gibt es ein Telefon?"

„Haben Sie ein Handy?"

„Ja sicher."

„Das müsste reichen. Wie gefällt es Ihnen hier?"

„Ich muss die Eindrücke noch verarbeiten."

„Wie ich Ihnen schon sagte: Sie werden einmal die Woche versorgt mit Essen und Trinken, und was Sie sonst noch haben wollen. Sie müssen es dem Mann nur für das nächste Mal sagen. – Sie brauchen noch nicht sofort zusagen. Überlegen Sie sich alles in Ruhe. Spätestens in einer Woche möchten wir Bescheid wissen. – Und denken Sie schon einmal über eine Liste nach mit den Dingen, die Sie gerne hier haben würden. Lieblingsessen und so weiter." Bei den letzten Worten lachte sie. Der junge Mann blieb ernst.

Auf der Rückfahrt hatte er noch ein paar Fragen, ob er seinen Laptop mitbringen sollte. Internet gab es auch. Er spürte die Brise, roch das Wasser. Die Sonne wärmte. Marc Rückers war sich fast sicher, dass er das Angebot annehmen würde.

Der Anfang

Marc Rückers bekam die Stelle.

An einem sonnigen Montagnachmittag Ende Juli stellte er sich verabredungsgemäß in Leopoldshagen ein. Neben seinem Tagesrucksack und seiner Laptop-Tasche schleppte er einen großen Seesack mit persönlichen Effekten von der Bushaltestelle zum Büro der Fördergesellschaft. Dort erwartete ihn nicht Frau Janske, sondern ihr Kollege Sven Müller in grüner Kluft: Cargo-Hose und T-Shirt, dazu einen braunen Lederhut mit Krempe. Er stand schon neben dem Geländewagen und hatte offensichtlich auf ihn gewartet. Rückers stellte fest, dass er sich leicht enttäuscht fühlte.

Außerdem war der Mann ihm fremd und Respekt einflößend.

„Na, wie war die Reise. Ganz schön umständlich ohne Auto, nicht wahr?"

„Ging schon. Das letzte Stück musste ich viermal umsteigen. Aber geschafft."

„Gut. Klamotten hinten rein. Wir fahren gleich los. Benny wartet schon."

„Benny?"

„Ja, Benny Neuwerk. Der bringt Dich rüber – ich heiße übrigens Sven, wenn Du nichts dagegen hast."

„Marc."

„OK. Benny fährt Dich gleich rüber mit Deinen Sachen. Ein paar Vorräte haben wir schon im Laufe der Woche im Container verstaut. Für Mineralwasser haben wir extra einen Spender angeschafft statt Flaschen. Drei Kanister pro Woche müssten eigentlich reichen. Benny versorgt Dich jeden Montagvormittag. Du brauchst nicht extra am Kai zu warten. Er lädt die Sachen einfach ab."

***

Ja, Benny wartete schon in Rieth am Steg. Es war das Motorboot, mit dem Frau Janske ihn rüber gefahren hatte.

„Moin, Benny. Das ist unser Mann für die Insel."

„Moin. Ich bin startklar."

„Dann man tau", sagte Müller und verabschiedete sich von Rückers: „Die Instruktionen hast Du ja mit der Post bekommen, unterschrieben ist auch alles. Handbücher liegen auf dem Tisch, und das Bett ist bezogen. Wir lassen Dich in Ruhe, es sei denn, es gibt Probleme. Im Zweifel musst Du halt ne Woche warten, bis Benny wiederkommt." Er lachte:

„Bis in drei Monaten. Tschüss."

Rückers wurde es mulmig, aber er riss sich zusammen:

„Wird schon klappen. Ich melde mich per Handy einmal die Woche wie vereinbart. Bis dann."

Benny hatte Rückers Sachen schon ins Boot geladen. Da gab es noch zwei weitere große Kisten. Rückers machte unter den Augen der beiden Männer einen großen Schritt ins Boot – davor hatte er am meisten Angst gehabt. Er landete sicher und zog das andere Bein nach. Benny schaute ihn etwas seltsam an, dann tuckerte er los. Sven Müller winkte lässig. Dann ging er zum Geländewagen zurück. Er würde nicht warten, bis die beiden am anderen Ufer angekommen wären. Auf Benny war Verlass. Der würde anschließend mit seinem eigenen Boot von Rieth um den Werder herum nach Altwarp heim schippern.

***

Marc Rückers stieg aus. Benny reichte ihm die Kisten und seinen Sachen.

„So, Jung. Dann man viel Spaß. Hoffentlich bleibt das Wetter gut. Ich bin weg. Tschüss."

Er holte die Leine ein, an der sie das Boot kurz festgemacht hatten, schwenkte ab und gab Gas. Zwei Minuten später war er hinter dem Schilfgürtel verschwunden. Marc Rückers war allein. Ein schöner Spätnachmittag im Sommer. Er atmete tief durch. Jetzt, wo die Leute alle fort waren, war auch der Druck weg. Er war auf sich gestellt, gut versorgt, und sein eigener Herr. Da drüben war der Container.

Rückers schulterte seinen Seesack und ging zu seinem neuen Heim. Erwartungs- und vereinbarungsgemäß war die Tür unverschlossen. Er schleppte seine Sachen die fünf Stufen hinauf. Der Kasten stand auf Stelzen wegen des Wassers. Er wollte zunächst alles in den Wohnbereich ablegen. Die Kisten waren ihm zu schwer. Er öffnete sie und entdeckte Konserven und Müsli und H-Milch. In der Abstellkammer fand er einen Korb, mit dem er nach und nach alles in die Küche brachte. Die Kisten verschloss er wieder und stellte sie wie vereinbart unter ein kleines Regenschutzdach in der Nähe des

Stegs ab. Benny würde sie beim nächsten Mal mit zurück nehmen.

Er holte einen Stuhl nach draußen, stellte ihn in Richtung Sonne auf. Links und rechts der Schilfgürtel. Rechterhand das Ufer von Rieth und vor ihm der Warper See, der sich in das weite Haff erstreckte. Er schloss die Augen, ließ sich von der Sonne bescheinen. Aufräumen würde er später. Eine selige Ruhe umgab ihn. Von den Vögeln hörte man fast nichts.

***

Gegen 21:00 Uhr begann es zu dämmern. Mittlerweile hatte er alle seine Sachen in sein neues Heim gebracht und ordentlich dorthin verstaut, wie er es für praktisch hielt – alles irgendwie auf Wohn- und Schlafbereich verteilt. Er hatte dem ansonsten ziemlich kahlen Container zumindest im Inneren eine persönliche Note verliehen. Draußen wurde es schlagartig kühl. Zuerst hatte er sich eine Fliesjacke übergezogen, dann hatte er den Stuhl genommen und war ins Haus gezogen. Er hatte sich seit seiner Ankunft am Nachmittag keine zehn Schritte von seiner Behausung entfernt. Das Eiland würde er ab morgenfrüh noch ausreichend kennen lernen. Jetzt war erst einmal Ruhe geboten nach der umständlichen Fahrerei.

Als verspätetes Abendbrot dienten ihm der Rest eines Sandwichs, das er unterwegs in Berlin am Bahnhof gekauft hatte, eine Banane und zwei Müsli-Riegel. Dazu den Rest Orangensaft aus der Pet-Flasche. Er überlegte, ob er seinen Laptop anwerfen sollte. Verabschiedet hatte er sich von niemandem zuhause – nicht einmal von seinem Kumpel, der ihm für das Vorstellungsgespräch die Rostbeule geliehen hatte. Warum auch? Von ihm selbst verabschiedete man sich auch nicht, wenn irgendwer in den Urlaub fuhr.

Es wurde rasch dunkler. Vielleicht sollte er lesen. Er hatte sich etwas Literatur mitgebracht: Krimis und Fachliteratur zu seinem Studienfach. Die letztere hatte er erst einmal zur Seite gelegt. Und natürlich das eine Buch. Aber das konnte warten. Ihn fröstelte. Warm war es in dem Container nicht gerade. Eine Heizmöglichkeit fand er nicht. Kein Radiator oder so etwas.

Gegen 22:30 Uhr beschloss er, schlafen zu gehen. Er hatte alles inspiziert und war zufrieden mit den Dingen, mit denen die Leute vom Freundeskreis ihn versorgt hatten. Er beschloss, im Jogginganzug zu schlafen, um nicht zu frieren, obwohl das Federbett dick genug war. Und da war auch noch eine Wolldecke für den Fall der Fälle. Draußen war finstere Nacht.

Der Schlaf kam schnell nach der langen Anreise und all den neuen Eindrücken. Der Schlaf kam schnell und war kurz. Kurz vor Mitternacht war er wieder wach. Er drehte sich auf den Rücken und fand, dass er gar nicht müde war. Draußen waren die Nachttiere wach geworden. Er hörte Laute, die er noch nie vorher gehört hatte. Nahe bei und ganz fern. In der Ferne brüllte eine Kuh. Vielleicht wollte die gemolken werden, aber das war Unsinn. Die Viecher waren ja den ganzen Sommer auf sich allein angewiesen. Da kommt keiner zum Melken. Und ein Käuzchen schrie in regelmäßigen Abständen. Musste wohl in der Ruine wohnen. Vielleicht wohnte da auch ein Falke. Er würde nachsehen. Obwohl – das lag außerhalb seines Reviers. Aber egal. Wer sollte das merken?

Er spitzte seine Ohren, stützte sich auf einen Ellbogen auf. Irgendetwas rauschte. Es war nicht die Wasserspülung. War das im Container? Oder draußen? Wahrscheinlich das Wasser vom See, vom Haff. Aber es war nicht wie bei einem Fluss oder Bach. Das Wasser stand still – außer, wenn der Wind es bewegte. Aber es war kein Wind. Das hätte er gehört. Irgendetwas kratzte an der Eingangstreppe, an den Pfeilern, auf denen seine Hütte stand. Natürlich. Hier war freie Natur. Hier gab es Kleintiere, die sich herumtrieben. Besonders nachts.

Irgendetwas schabte im Container. Ganz deutlich. Nicht im Schlafgemach. Aber hinten in der Vorratskammer. Sollten hier Mäuse nisten? Das glaubte er nicht. Die hatten doch alles gecheckt und gereinigt. Irgendetwas.… Er ließ sich wieder auf den Rücken sinken. Das Rauschen war weg. Er setzte sich wieder auf. Jetzt war es wieder da. In seinem Kopf. Und das Kratzen und Schaben.

Er stand auf, machte Licht. Ging nach vorn in den Wohnbereich. Wollte an der Eingangstür die Klinke fühlen. Nutzlos. Hier wurde nicht abgeschlossen. Die Fensterscheiben glotzten ihn blind an. Schwärze um ihn herum. Es gab keine Gardinen. Die Geräusche hatten aufgehört. Natürlich. Er hatte die Quälgeister verscheucht. Marc Rückers nahm einen Stuhl und schob ihn von innen vor die Tür. Dann löschte er das Licht und legte sich wieder hin. Er lag wach. Nach spätestens einer Viertelstunde kamen die Geräusche wieder. Drinnen und draußen. Es schabte und kratzte. Er legte sich auf die Seite und zog sich das Bettzeug über den Kopf. Jetzt hörte er es nicht mehr. Nur noch das Rauschen. In seinem Kopf ....

Auf der Vogelinsel

Aufstehzeit sollte 06:00 Uhr gewesen sein. Oder: besser gesagt: am ersten Tag. Danach gab es eine variable Routine: mal 06:00 Uhr – ja manches Mal schon 05:00 Uhr, aber meistens 07:00 Uhr. Eine Stunde später sollte er auf der Pirsch sein, auf den Pfaden, die Frau Janske ihm gezeigt hatte, und die auf einer von Hand gemalten Skizze eingetragen waren. Danach war Ruhe. Danach sollte er in seinem Stützpunkt seine Notizen auswerten. Und am Abend noch einmal losgehen – nicht immer, aber an bestimmten Tagen.

Sein erster Tag. Er war erst gegen 05:30 Uhr richtig eingeschlafen – dafür aber umso fester. Sein

Funkwecker hatte ihn kurz darauf aus dem Schlaf gerissen. Erschöpft hatte er ihn abgestellt und sich „noch einmal" umgedreht. Dann sank er in selige Vergessenheit, aus der er durch den strahlend-hohen Sonnenstand zwei Stunden später mit Schrecken erwachte. Ein guter, rechtschaffener Anfang.

Er sprang aus seiner Koje, schmiss die Kaffeemaschine an und schlüpfte in seine Rangersachen, die er abends zuvor auf einen der Stühle zurechtgelegt hatte. Hastig trank er den Kaffee, nahm seinen Rucksack und war draußen. Dabei wäre er fast über den Stuhl gestrauchelt, den er in der Nacht vor die Eingangtüre gestellt hatte. Wohin jetzt? Nach fünf Schritten stellte er fest, dass er seine Orientierungskarte im Haus gelassen hatte. Er ging zurück. Die Karte lag auf dem Tisch.

Nachdem er festgestellt hatte, wo er war, und welche Richtung er einschlagen musste, stiefelte er los – auf ansonsten nüchternem Magen. Er zwang sich dazu, die Hast des ersten Erwachens nicht auf seine Gangart übergreifen zu lassen. „Ganz ruhig gehen. Ganz ruhig." Dann fiel ihm ein, dass er ja Vögel beobachten und nicht stur auf den Boden schauen sollte. Nach fünfzig Metern durch Schilf und Geäst bleib er stehen und setzte sich auf einen umgestürzten Baumstamm: „So geht das nicht."

Er hatte vergessen, seine Trinkflasche aus dem Wasserspender zu füllen. Er hatte das Kartenspiel mit den Vogelabbildungen nicht dabei. Sein Magen hing ihm in den Knien, weil er sich schon am Vorabend lediglich mit Essensresten über Wasser gehalten hatte. „So geht das nicht." Resigniert ließ er den Kopf hängen. Dann fasste er einen Entschluss: den ersten Tag würde er knicken. Voll und ganz. Und am Abend war ohnehin in seinem Schedule kein Erkundungsgang vorgesehen. Er würde drei Dinge tun: erstens, zurück zum Container gehen, seine Morgentoilette nachholen und ordentlich frühstücken; zweitens, um und im Container nachsehen, woher die nächtlichen Geräusche kamen; und drittens, am Nachmittag in aller Ruhe die vorgeschriebenen Wege ablaufen.

Und ansonsten sich einen ruhigen Tag machen. Vielleicht etwas lesen. Und so geschah es.

Er hoffte nur, dass seine Arbeitgeber nicht mit Fernrohren am Strand von Rieth gestanden hatten, um festzustellen, dass er gleich am ersten Tag versagt hatte. Er beruhigte sich. Das waren nicht solche Leute. Die hatten Vertrauen. Das waren keine Spitzel.

Die erste Woche

Rückers ging tatsächlich die vorgeschriebene Strecke an jenem ersten Nachmittag ab – ohne Ausrüstung, ohne Protokollblatt. Einfach so. Ganz gemütlich. Er sah nur wenige Vögel, keine Gelege oder Nester oder Unterschlüpfe. Er fand die drei Stellen mit den grünen Planen, unter denen er sich zur Beobachtung verstecken konnte. Er brauchte für die ganze Strecke eine gute halbe Stunde. Unter echten Bedingungen würde das natürlich länger dauern mit den vorgeschriebenen Beobachtungshalten und so. Dann rechnete er mit zwei Stunden. Anschließend noch einmal eine halbe Stunde für das Protokoll am Laptop. Das war's. Gut, an manchen Tagen war noch seine Runde am späten Nachmittag vorgeschrieben. Aber ansonsten hatte er viel Zeit für sich.

Nachts war das Schaben und Klopfen wieder zu hören. Und das Rauschen. Er hatte am Vortag die Vorratskammer durchsucht: nichts. Alles war blitzsauber. Eine zweite Nacht mit wenig Schlaf. Er wollte es sich nicht eingestehen, aber ab jetzt verdüsterte sich sein Gemüt mit jeder sinkenden Sonne. Er fürchtete die Nacht.

Der zweite und der dritte Tag verliefen ähnlich chaotisch wie sein erster: unausgeschlafen, aber dennoch früh aufgestanden. Er sah kaum Vögel und glaubte schon, dass man ihn verarschen wollte, dass der eigentliche Grund seines hier seins ein anderer wäre, ein Grund den er nicht kannte. Dass alles nur Tarnung zu irgendeinem verborgenen Zweck wäre. Ihm kamen Redewendungen in den Sinn, Halbsätze die der Mann oder die Frau zu ihm gesprochen hatten:

„Benny. Das ist unser Mann für die Insel."

Unser Mann für was?

„Im Zweifel musst Du halt ne Woche warten, bis Benny wiederkommt."

Und dieser Benny. Welche Rollet spielte Benny? Oder:

„Wir haben in der Anzeige absichtlich nicht geschrieben, dass wir erfahrene Ranger suchen."

Das war die Frau gewesen beim Vorstellungsgespräch. Warum suchten die keine erfahrenen Leute. Hatten die Angst, ein Profi würde denen auf die Schliche kommen? Da waren so viele Ungereimtheiten.

Er stolperte den vorgeschriebenen Pfad entlang. Suchte Vögel. Manchmal entdeckte er einige, die bei seinem Näherkommen flatternd aufflogen. Näher als zehn Meter kam er nie ran. Und wie sollte er sie identifizieren. Er hatte das Kartenspiel in der Hand. Wenn er einen Vogel entdeckt hatte, und er nach einem Bild suchte, und er wieder aufblickte, war das Tier schon verschwunden. Wo aber waren die ganzen Seeadler,

Seeschwalben, Bekassinen, Baumfalken, Wespenbussarde, Rohrweihen und Rotmilane? So ging das jeden Tag. Seine Protokollbögen bleiben bis auf Datum und Uhrzeit und Unterschrift leer.

***

Ab Donnerstag der ersten Einsatzwoche hatte er sich und sein Projekt einigermaßen im Griff. Wenn er etwas entdecken wollte, musste er in die Unterstände gehen, unter die grünen Planen. Nach einer ruhigen halben Stunde unter Tarnung konnte er mit dem Fernrohr, oft auch mit dem bloßen Auge, Einblick in den großen Reichtum der Vogelwelt auf dem Riether Werder gewinnen. Und er hatte alle Muße, den Abgleich mit seinem Kartenspiel zu machen. Mitunter, wenn es die Nähe erlaubte, machte er auch ein Foto mit seinem Mobiltelefon, um später in Ruhe in seiner Kajüte das Tier zu identifizieren.

Nachmittags schlief er, weil er nachts nicht richtig dazu kam. Aber gegen Ende der ersten Woche merkte er, wie anstrengend diese Arbeit dennoch war. Und es war in der Nacht von Freitag auf Samstag, dass er nachts zum ersten Mal durchschlief. Tags darauf wachte er entspannt und ausgeruht auf. Es war alles doch nicht so schlimm. Und die Verdächtigungen und Ängste hatte er vergessen. Das Schaben und Pochen war gelegentlich weiterhin zu hören, kurz bevor er einschlief, oder wenn er zwischendurch aufwachte. Aber das Rauschen war verschwunden.

***

Montag früh. Schon eine Woche um. Heute ging Marc Rückers nicht so früh los. Heute sollte Benny kommen. Der geheimnisvolle Benny. Und so war es auch. Rückers saß auf einer Planke an der Anlegestelle. Er hatte einen Müllsack und einen leeren Wasserspender neben sich. Er sah zum entgegen gesetzten Ufer hinüber, nach Rieth. Es war noch keine 08:00 Uhr, als von drüben ein Motorboot losmachte. Da war er, sein Versorger. Fünf Minuten später landete er an:

„Moin, moin. Alles klar?"

„Moin. Alles klar."

Benny stieg aus und legte eine Vorratskiste ab: „Kommst Du mit dem Wasser aus?"

„Reichlich. Ich hab eine Bitte: kannst Du mir beim nächsten Mal zwei Flaschen Wein mitbringen? Zahl ich auch."

„Kein Problem. Ich hab Bier dabei. Willst Du n´Sixpack?"

„Danke, nehm ich gerne."

Benny war einige Schritte landeinwärts gegangen, Richtung Container. Stützte die Fäuste in die Hüften und schaute sich kennerisch um, den Blick gen Himmel gewandt, die Augen zusammen gekniffen. Es war kein Vogel zu sehen.

„Und …. was macht die Arbeit. Jede Menge gezählt?"

„Bin dabei. War erst gar nicht so einfach. Aber ich komme weiter."

„Haste auch tote gesehen? Ich mein tote Viecher?"

„Nein, wieso?"

„Ja, manchmal gibt's tote. Die müssen doch auch mal sterben. Hier gab´s mal einen Fuchs, der ist im Winter übers Eis hierher gekommen. Den haben se nicht gekriegt. Die waren hier ne ganze Jagdgesellschaft, aber da war nichts zu machen. Na ja, ist schon ne Weile her. Vor zwei, drei Jahren oder so. – So, ich muss wieder. Wünsch Dir ne schöne Woche. Das Wetter soll ja halten, nur danach soll´s Gewitter geben. Machs gut."

„Tschüss und danke für alles."

Benny sprang ins Boot und legte ab. Fünf Minuten später sah ihn Marc Rückers auf der anderen Seite anlegen. Und dann verschwand der Mann in Richtung Schranke. Dahinter musste sein Auto stehen. Rückers war wieder allein. Er nahm die Kiste mit den Lebensmittelvorräten auf und brachte sie ins Häuschen, dann das Bier. Bevor er dann seinen Rundgang antrat, blickte er nochmals Richtung Rieth.

„Haste auch tote gesehen?"

Warum hatte Benny das gefragt?

Mönkebude

Fährt man von Ueckermünde Richtung
Westen, um zur B109 zu gelangen, passiert man
schon nach wenigen Kilometern das Flüsschen
Zarow mit seinen Stegen und Bootsanlegern direkt
an der Straße. Hinter Grambin geht es weiter durch
weite Fluren, auf denen die großen Rinderherden
grasen. Dann gelangt man in das Straßendorf
Mönkebude. Es wird angenommen, dass sich der
Name von einer alten Mönchssiedlung oder einem
einstigen Kloster, von dem heute nichts mehr zu
sehen ist, herleitet. Auf jeden Fall biegt man etwa
nach halber Ortsdurchfahrt rechts ab. Dann führt
eine kleine Straße nach etwa 300 Metern zum

Wasser. Und es tut sich ein kleiner schmucker Yachthafen auf, der alles bietet, was ein Seglerherz begehrt.

Ganz in der Nähe gibt es ein Restaurant mit angeschlossenen Ferienwohnungen, einen Einkaufsladen, ein Café. Den Hafen selbst betritt man durch ein weites Schleusentor, das bei Sturmflut geschlossen werden kann. Ansonsten ist die Anlage durch Deiche und Flutwände gesichert. Innen befindet sich ein Stellplatz für Wohnmobile und Campingwagen, direkt daneben ein kleines Geschäft mit bescheidener Gastronomie: Kaffee, Heißwurst und Eis. Souvenirs, Zeitschriften, Wetterkleidung, kleine Ersatzteile für die Boote und Verbrauchsmaterialien und Öle runden das Bild ab. Bei schönem Wetter kann man draußen in der Sonne zwischen Kakteen und Topfblumen sitzen. Bier gibt es auch.

Über eine kurze Promenade gelangt man zum Hafenbecken, weiter hinten dann der Strand mit den Strandkörben und einer Restaurantbaracke, rechter

Hand Fischbuden, die in der Hauptsaison und an Wochenenden geöffnet sind. Das Hafenbecken erstreckt sich an einem kleinen Wäldchen parallel zum Badestrand, bis ins offene Haff. Gegenüber in der Ferne Usedom.

Gut einhundert Segel- und Sportboote aller Größen dümpeln im Yachthafen: kleine Jollen, Einmaster bis hin zu den großen Zweimastern, auf den eine mehrköpfige Crew Platz hat. Viele Boote liegen hier das ganze Jahr über, wenn der Hafen eisfrei ist. Andere kommen zu einem Zwischenstopp für eine Nacht, manche liegen mehrer Tage oder im Sommer einige Wochen.

***

Else Bracht führt den Kiosk mit den Segelutensilien. Ihr Mann Georg ist Hafenmeister von Mönkebude. Er steht hinten in der Kaffeeküche und trinkt seinen zweiten Pott an diesem frischen, aber viel versprechenden Sommermorgen, bevor er seinen Routine-Inspektionsgang bis zur Hafenausfahrt antritt.

„Gestern Abend spät sind noch zwei angekommen. Will mal sehen, ob die das mit den Anschlüssen hingekriegt haben."

Er macht sich auf den Weg. Ein halbes Dutzend Boote ist an Strom- und Wasserversorgung angeschlossen, darunter ein großer Einmaster, der von Holland herüber gekommen ist. Der hat schon eine schöne Strecke hinter sich. Ist oben rum gekommen, über Skagen in Dänemark. Vier Leute an Bord. Ehepaar mit zwei Mädchen. Die lagen schon fünf Tage hier.

Georg Bracht schritt gemächlich den Kai ab, stellte fest, dass die Neuankömmlinge sich ordentlich angeschlossen hatten. Die schliefen bestimmt noch. Es war noch keine sieben Uhr vormittags. Dann kam er an der „Swift" vorbei, dem Holländer. Die waren auch noch nicht aus den Kojen. Bracht kam bis zur Spitze der Mole, stützte sich auf das Geländer und schaute aufs Wasser.

Nach Zehn Minuten Gedankengang machte er kehrt, wieder an der Swift vorbei – und jetzt bemerkte er es.

„Verdammt, schon wieder!"

Eines von den kleinen Seitenfenstern neben der Tür zum Kajüteneingang war eingeschlagen. Ihm stieg das Blut ins Gehirn. Wenn das ein Einbruch war, dann schon der dritte in dieser Saison. Die Bullen kamen nicht nach. Und woanders passierte das auch – sogar in den Yachthäfen von Ueckermünde selbst. Bracht wollte abwarten, bis die Leute wach waren. Vielleicht hatten sie ja den Schaden selbst verursacht, dann hätte er nur Panik gesät ohne ersichtlichen Grund. Mal sehen. Er schlenderte zurück und berichtete seiner Frau über seinen Verdacht. Dann stieg er in seinen Kombi und fuhr los. In Grambin gab es eine Bäckerei. Da wollte er frische Brötchen und Kuchen holen für die Tagesgäste, die bald eintreffen würden.

***

Georg Bracht kam zurück, ließ beim Aussteigen seinen Blick Richtung Swift schweifen. Nichts hatte sich gerührt. Die waren noch im Tiefschlaf. Dabei ging es auf die acht Uhr zu. Ungewöhnlich für Skipper, solange in den Tag unter Deck zu bleiben. – Er lieferte seine Lebensmittel an Else ab und griff sich den Nordkurier, der mittlerweile eingetroffen war. Als es auf die neun Uhr zu ging, kam von dem Boot immer noch kein Lebenszeichen. Er beschloss, da mal nachzusehen.

Alles war ruhig. Bracht rief ein paar Mal „Hej!" und „Hallo!" Aber es kam keine Antwort. So ging es bis zum Mittag. Ihn hatte inzwischen ein ungutes Gefühl beschlichen. Nachdem er geentert hatte, klopfte er an die Kabinentür. Keine Reaktion. Er drückte die Klinke herunter. Die Tür war nicht abgeschlossen. Eigentlich gar nicht so ungewöhnlich. Als er eintrat, traf ihn der Schlag: ein wüstes Durcheinander. Schubladen aufgerissen. Ziergegenstände auf dem Fußboden, Messgeräte aus den Verankerungen gerissen. Funkgeräte und Peilsender fehlten, überall Papiere auf dem Fußboden verstreut.

Ihm schlug das Herz bis zum Hals, als er die Treppe langsam hinunter stieg. Die Schlafkabinentür stand offen. Auch hier ein Durcheinander wie nach einem Einbruch. Überall Gegenstände verstreut, offene Reisetaschen. Er blickte in die Schlafkabine hinein. Da lagen sie: links und rechts die Eltern, weiter hinten quer in Etagenbetten die beiden Mädchen. Ein Bild des Friedens. In tiefem Schlaf.

Bracht rief in den Schlafraum hinein. Keine Regung. Dann nahm er sich zusammen und stieß den Skipper an den Fuß, der unter der Bettdecke hervorlugte. Keine Regung. Er ließ seinen Blick über die Vier gleiten. Kein Brustkorb hob oder senkte sich. Niemand schien zu atmen. Er wollte vortreten und den Puls des Vaters fühlen. Da traf es ihn wie ein Keulenschlag. Seine Knie wurden ihm weich, schwarze Punkte begannen, vor seinen Augen zu tanzen. Er musste sich am Geländer des

Aufgangs festhalten, sein Magen schien sich umzudrehen. Bevor er sein Bewusstsein verlor, hatte er sich nach oben geschleppt und fiel mit einem lauten Aufschlag nach draußen durch die angelehnte Kajütentür aufs Deck.

Am Rande des kleinen Wäldchens am Kai hatten zwei Gärtner gerade mit Unkrautjäten begonnen, als sie den Aufschlag hörten. Sie kamen herbeigeeilt.

„Hej, Schorsch. Wat is´ los?"

In der frischen Luft lichtete sich langsam der Betäubungsschleier. Bracht begann zu stöhnen. Der eine Gärtner sprang an Bord und zog ihn ganz aus der Kabine. Da lag er auf dem Rücken. Die Sonne schien ihm ins Gesicht, sein Verstand kehrte zurück:

„Da drin …. Da drin…."

Sein Helfer machte Anstalten, hineinzugehen. Dieser Schrecken genügte, um Georg Bracht hell wach zu machen:

„Geh da nicht rein. Um Gottes Willen. Bleib da weg."

„Was ist denn los?"

Bracht setzte sich auf: „Da liegen vier Menschen. Ich glaube, die sind tot."

***

Hauptkommissar Wolter rückte gleich mit zwei weiteren Leuten an: Kommissar Falko Naumann und Kommissarin Nicole Reuter. Alles wurde abgeriegelt. Bracht hatte sie gewarnt, da nicht reinzugehen, da er fast das Bewusstsein verloren hatte. Weil sie keine Gasmasken dabei hatten, musste Wolter eine Ermessensentscheidung treffen. Entweder kurz reinschauen und prüfen, ob die Menschen im Boot noch lebten, oder die Spurensicherung abwarten, die entsprechend ausgerüstet sein würde. Er entschied sich für einen Mittelweg.

Wolter ging ins Ruderhaus, hielt sich ein feuchtes Tuch vors Gesicht und stieg vorsichtig die Stufen zur Schlafkabine hinunter, warf von der Tür her einen kurzen Blick auf die vier Körper in den Betten und sprang rasch die wenigen Stufen wieder hinaus nach draußen. Auch ohne Pulsfühlen war er überzeugt, dass jede Rettung zu spät kam. Auf jeden Fall war der Rettungshubschrauber unterwegs.

„Und?" wollte Naumann wissen.

„Hab nichts gespürt. Aber ich tippe mal, dass wir es hier mit vier Leichen zu tun haben."

„Warum lüften wir nicht? Alle Türen und Luken öffnen?" fragte Nicole Reuter.

„Gute Frage."

„Vielleicht ist doch noch etwas zu machen?"

Schwierige Lage: wenn noch Leben in den Körpern steckte, war das die einzig richtige Möglichkeit. Allerdings lagen die ja nach Auskunft des Hafenmeisters mindestens schon seit gestern Abend in den Kojen. Und jetzt war es schon nach Mittag am Folgetag. Wolter vermutete irgendein Giftgas, da es Bracht so schlecht geworden war. Das konnte bei der Obduktion der Leichen auch später noch nachgewiesen werden. –

Wolter wollte gerade das Signal zur Belüftung geben, als die Spurensicherung eintraf, gefolgt von zwei Krankentransportern. Über ihnen knatterte auch schon der Helikopter. Nun ging alles recht schnell. Die Spurensicherungsleute verschwanden in ihren Raumanzügen, setzten die Gasmasken auf und stiegen hinunter. Bei ihnen befand sich der Obduktionsarzt. Nach zwei Minuten kam er allein wieder hoch:

„Alle vier sind tot. Wir machen noch Aufnahmen. Dann können die Sanis sie rausholen."

Und so war es. Die vier Toten wurden abtransportiert in die Forensische. Die Spurensicherung arbeitete weiter, und die drei Kriminalbeamten begannen mit den Verhören.

Der alte Hof

Alles Routine. Der Schlaf wurde besser. Das Kratzen störte nicht mehr so, war auch nicht jede Nacht zu hören. Die Wege waren eingelaufen, und die Aufzeichnungen nahmen an Umfang zu. Nach seiner Einschätzung genügte Marc Rückers mittlerweile den Anforderungen, die man an ihn gestellt hatte. Einmal die Woche meldete er an Benny, dass es ihm gut ginge, und er nach Plan arbeite. Außerdem erhielten seine Arbeitgeber die Datenblätter elektronisch per Email.

Alles Routine. Es blieb Zeit zum Sonnenbaden und herumgammeln. Dahinten stand stumm und still die Ruine des alten Hofes. Auch dort schwirrten Vögel umher, aber das war nicht mehr sein Revier. Vielleicht gab es dort ja auch Falken – Turmfalken. An einer Stelle machte sein Weg einen Schlenker bis auf etwa dreißig Meter an die verfallenen Gebäude heran. Das Gelände wurde durch einen Zaun abgesichert wegen der Rinderherde. Hinter dem Zaun hatte er nichts zu suchen. Jeden Morgen blickte er neugierig hinüber. Erst neugierig, dann sehnsüchtig. Das Vieh hielt sich meistens am anderen Ende der Insel auf.

Eines Tages beschloss Rückers, der Ruine einen Besuch abzustatten, wenn die Rindviecher außer Reichweite sein würden. Die waren nicht an Menschen gewöhnt die Zeit über, wenn sie hier auf sich gestellt waren. Er wartete eine günstige Gelegenheit ab.

***

Die kam irgendwann so drei bis vier Wochen nach seinem Arbeitsbeginn. Den Zaun zu überwinden, war kein Thema. Es handelte sich um einfachen Weidedraht. Dahinter Unebenheiten von den Hufen, Binsenbüschel und einige sandige Stellen. Die Herde befand sich am anderen Ende. Über getrocknete Kuhfladen war er in zwei Minuten beim Haupthaus. Oder bei dem, was davon noch übrig geblieben war.

Das ehemalige Haupthaus war ursprünglich dreistöckig gewesen. Das obere Stockwerk und das Dach waren vollständig verfallen. Fensterreihen darunter gähnten wie hohle Zähne aus dem roten Ziegelsteinbau heraus. Daneben stand eine kleine verfallene Hütte und auf einem kleinen Hügel standen zwei einstmalige einstöckige Wirtschaftsgebäude von einer Gruppe von Eichen umstanden. Überall lagen Ziegelsteine und Mauerstücke verstreut herum. Warum mussten allein gelassene ehedem stabile Häuser auf diese Weise verfallen? Doch nicht der Wind und der Regen schleuderten die Steine in die Gegend. Es sah ganz so aus, als hätten sich benachbarte Bewohner von über dem Wasser an diesem Baumaterial trotz Betretungsverbots bedient. Es kamen also gelegentlich Leute herüber, die mit Naturschutz nichts am Hut hatten.

Rückers ging auf das Loch zu, in dem früher einmal die Eingangstüren gehangen hatten. Das Unkraut wuchs bis ins Innere der Ruine hinein. Hier roch es modrig. Zersplittertes Holz, abgeschlagene Fliesen und rostiges Moniereisen lag herum. Es war unmöglich, in den ersten Stock zu gelangen: die Holztreppe war in sich zusammengefallen. – Und dann flatterte etwas haarscharf an seinem Gesicht vorbei. Erschrocken blickte er nach oben. Und dann kam es wieder. Er tastete mit seinen Blicken den Fußboden ab. Ja, richtig: Vogeldreck. Er hatte Vögel aufgeschreckt, die über ihm nisteten: Schwalben? Oder Tauben? Sie waren jetzt nach draußen verschwunden. Oder Fledermäuse? Die waren doch nur nachtaktiv. Aber die gab es sicherlich hier auch.

Er fühlte sich nicht wohl hier in dieser Stille an einem Ort, an dem vor langer Zeit einmal andere

Menschenwesen geatmet, geschlafen, gesprochen hatten. Wer weiß, was alles in den Steinen hängen geblieben war? Er drehte sich um, aber da war natürlich niemand. Er war ja allein. Die Bewohner hatten das Haus lange vor ihm für immer verlassen. Und Besucher hatte er keine entdeckt. Er war allein.

Er bewegte sich noch ein Stück weit ins Haus hinein. Hinten in einer Ecke war es dunkler. Da ragte ein Stück Decke vom Stockwerk darüber hinein. Und es gab dort kein Fenster. Er kehrte um. Draußen atmete er tief durch. Die Herde war immer noch in sicherer Entfernung. Er warf einen Blick auf die beiden alten Stallungen nebenan. Die würde er ein anderes Mal besuchen, aber da würde nichts anderes zu finden sein als hier auch. Er machte sich auf und ging um das Haus herum, strauchelte über einen alten Zinkeimer, eine verrostete Mistgabel. Hinter dem Haus entdeckte er Holzplanken zwischen Unkraut und Brennnesseln direkt an der Hauswand. Vor vielen Jahren müssen die wohl einmal grün gestrichen gewesen sein. In der Mitte ein verrosteter Eisenring. Ein verschlossener Eingang zum Keller.

Rückers versuchte, die Falltüre aufzuziehen. Nichts zu machen. Alles war so zugewuchert, dass er die Holzplatte nicht einen Zentimeter bewegen konnte. Vor Anstrengung war er außer Atem. Er schaute um sich: nirgends ein Hebel oder eine Stange. Beim nächsten Mal würde er in die alten Stallungen gehen und dort danach suchen.

Er schlich weiter ums Haus herum, fand aber nichts Interessantes mehr. Als er wieder zum Ausgangspunkt zurück gekehrt war, sah er in der Ferne immer noch die friedliche Herde. Langsam ging er zum Zaun zurück, stieg hinüber und war wieder in seinen vertrauten Gefilden. Jetzt wusste er, was ihn erwartete. Er würde wieder hingehen. Er musste wissen, was sich in dem Keller befand. Aber wahrscheinlich nicht mehr und nicht weniger als im übrigen Haus. Wer weiß?

In der Nacht war das Schaben und Kratzen wieder lauter als sonst. Und auch das Rauschen in seinem Kopf war zurück gekehrt.

Leben auf der Insel

Was war denn das? Benny war nicht
gekommen. Rückers ganzer Tagesablauf würde
durcheinander geraten. Er nahm sein Fernglas und
inspizierte das gegenüberliegende Ufer in Rieth. Da
liefen einige Urlauber mit Kindern herum. Das
Strandrestaurant war noch geschlossen. Auf den
Stegen machten sich zwei Männer zu schaffen. Blieb
nichts anderes übrig, als zu warten. Vielleicht hatte
Benny einen Unfall gehabt? Oder war krank
geworden? Die würden schon einen Ersatzmann
schicken. Und wenn nicht? Wenn sie ihn vergessen
hätten? Wenn niemand mehr käme? Vorräte hatte er
noch, aber irgendwann wäre Schluss. Und rüber

schwimmen könnte er nicht. Das wäre zu weit für einen Ungeübten wie ihn.

Marc Rückers setzte sich auf die Planke an der Anlegestelle und wartete. Nicht lange. Nicht einmal eine halbe Stunde. Dann wurde es geschäftig auf der anderen Seite. Er erkannte Bennys Wagen. Drei Leute stiegen aus und marschierten auf den Steg zu. Wieso drei? Er nahm wieder das Fernglas zur Hand. Benny verstaute die Sachen im Boot. Dann stiegen sie ein: alle Drei. Kurz darauf erkannte er die beiden anderen. Das waren die beiden aus Leopoldshagen vom Freundeskreis. Was wollten die hier?

Seiner Erleichterung über Bennys Auftauchen wich ein unbestimmtes Gefühl schlechten Gewissens: die wollten ihn kontrollieren, ob er seine Arbeit auch gut machte – und wie es in dem Wohn-Container aussah. – Er sprang schnell die paar Schritte zur Tür, warf einen Blick hinein: ungemachtes Bett, nicht abgewaschenes Geschirr. Sachen lagen herum …. Oder hatten die etwas

115

gemerkt von seinem Besuch in der Ruine? Er spürte den Kloß im Hals, und schon waren sie da, und die Frau sprang als erste an Land:

„Schön, Sie zu sehen, Herr Rückers. Sie sehen gut aus. Wir wollten Ihnen heute mal Ihre Langeweile vertreiben."

„Hallo", rief Müller, der ebenfalls ausgestiegen war. Dann lud Benny aus und ein.

„Guten Morgen", kam es schüchtern aus Rückers Mund: „Das ist aber eine Überraschung."

„Wie geht's? Alles gut?" fragte Janske.

„Alles OK. Wollt ihr einen Kaffee?"

„Nee, nee. Wir bleiben nicht lange. Außerdem muss Benny schon bald zurück. Der hat noch zu tun."

„Ach so. Soll ich Euch was zeigen?"

„Das wäre ganz gut", meinte Müller: „Wir würde gerne ein paar Schritte mit auf Deine Runde kommen. Geht das?"

„Natürlich geht das. Ich bin sowieso bereit. Kann gleich losgehen."

Sie ließen Benny zurück, und Marc Rückers trat seine Runde an, Frau Janske hinter ihm und dann Herr Müller. Im Gänsemarsch schritten sie die Strecke ab. Nachdem sich Rückers einigermaßen von dem Schreck erholt hatte, gelang es ihm sogar, auf diverse Nistplätze und Verstecke hinzuweisen, was seine beiden Begleiter sichtlich erfreute. Als sie an der Stelle vorbeikamen, wo die Rohrweihe sich aufhielt, bat Janske um das Glas. Sie nahmen alle Drei Deckung und bleiben still, bis der Vogel auftauchte. Nach einer Weile gab Janske ein Zeichen zum Aufbruch, und sie marschierten noch ein Stück weiter.

„Das wollten wir sehen, ob die wieder da sind. Schön. Das können wir in unseren Jahresbericht aufnehmen. Wirklich schön."

Dann kamen sie an der Stelle vorbei, an der Rückers über den Zaun gestiegen war.

„Unheimliches Ding da", sagte Müller beiläufig und deutete auf die Ruine: „Schon hingegangen?"

„Nein", log Rückers etwas schnell. „Was soll ich da?"

„Hast recht. Gehört auch nicht zu unserem Bereich."

Sie machten kehrt, und Rückers musterte verstohlen die Stelle. Keine Spuren. Das trockene Gras hatte sich inzwischen wieder aufgerichtet. Die hatten wohl nichts bemerkt. Zwanzig Minuten später tuckerte Benny mit den Beiden wieder Richtung Rieth, und er war wieder allein. Jetzt pochte sein Herz. Ob die was gesehen hatten?

***

Dieser Besuch sollte die mühsam gewonnene Sicherheit von Marc Rückers ins Wanken bringen. Aber das hatte mit dem Besuch an sich nichts zu tun. Da war ja alles gut verlaufen. Die waren wieder weg. Anscheinend waren die mit seiner Arbeit zufrieden. Jedenfalls war er noch im Job. Aber irgendwie begann es in ihm zu nagen, als ob dieses

Intermezzo ein Auslöser gewesen wäre. Seit diesem Morgen. Er hatte sich wieder vor Augen geführt, dass er allein war, dass er kein Netz und keinen doppelten Boden unter sich hatte. Wenn er jetzt seine Runden drehte, begann er, sich gelegentlich umzuschauen. Er schreckte bei Geräuschen zusammen, wenn Blätter und Gräser raschelten, wenn Tiere riefen. Und er meinte, dass sich etwas verändert hätte.

Die sonnigen Tage hatten einem wechselhaften Himmel nachgegeben. Das Blau wurde durchzogen von weißen, manchmal auch grauen Wolken. Noch hielt sich das Wetter. Kein Regen, kein starker Wind, aber etwas frischer am Morgen, und am Abend konnte er nicht mehr solange vor der Türe sitzen – schon gar nicht im T-Shirt. Er hatte erst weniger als ein Drittel seiner Zeit um. Er musste sich mit anderen Dingen beschäftigen. Wie nannte man das: Lagerkoller?

Nachts vor dem Einschlafen war das Rauschen wieder da.

Er bemühte sich, tagsüber nicht daran zu denken, auch nicht auf unbedeutende, natürlich erklärbare Ereignisse zu reagieren. Hier war niemand. Er war allein. Das wusste er. Hier kam keiner hin. Was sollte man auch hier? Außer Vögel und eine eingezäunte Rinderherde gab es hier nichts. Und die Ruine war soweit ausgeschlachtet, dass niemand mehr für ein paar alte Ziegelsteine den Weg über das Wasser suchte. Da war nichts.

Rückers drehte seine Runden, machte seine Beobachtungen, Notizen, schickte Formulare ab. Manchmal waren seine Beine schwer wie Blei, manchmal zitterten seine Hände. Am Essen und Trinken konnte es nicht liegen. Er war gut versorgt. Er musste sich mit irgendetwas anderem beschäftigen. Er musste vor allem Ruhe bewahren.

Kontakte

In dem kleinen Abteil, in dem sich Dusche
und Toilette befanden, hing über dem Waschbecken
auch ein Spiegel. Unter dem Spiegel hatte man
freundlicherweise ein schmales Bord angebracht, auf
dem Rückers so nützliche Dinge wie Zahnbecher,
Haarbürste und Nageletui ablegen konnte. Eines
Morgens nach dem Duschen, als er seine
Morgentoilette beenden wollte, huschte etwas
zwischen Zahnbecher und Haarbürste hin und her.
Er dachte zuerst an eine Motte oder eine Fliege und
hob den Becher an, um dem Störenfried den Garaus
zu geben, aber das Viech war schneller und
irgendwie verschwunden. Da er keine Zeit auf die

Jagd nach einem Insekt vergeuden wollte, wandte er sich ab und machte nebenan Frühstück. Dann brach er auf. –

Als er seinen Gang beendet hatte, und die Sonne hoch am Himmel stand, holte er einen Stuhl nach draußen und sein mittlerweile zerfleddertes Buch – sein wichtigstes Buch. Er hatte es mit eingepackt, aber bisher noch nicht einmal darin geblättert. Er hatte sich vorgenommen, sich mit etwas anderem zu beschäftigen, und jetzt holte er dieses Buch hervor. Bevor er sich hinsetzte, ging er noch einmal in den Container, um ein Bedürfnis zu erledigen. Schon als er eintrat, sah er wieder diese Bewegung, als er unwillkürlich zum Spiegel blickte. Da war er wieder – irgend so ein Quälgeist. Er hatte nichts gegen Insekten oder Bienen oder Hummeln, aber er hatte etwas gegen Insektenstiche. Als er nachsuchte, war das Tier fort. Er maß dem keine weitere Aufmerksamkeit zu und ging vor die Tür, um zu lesen.

***

Nachdem er die Augen des Horus vergraben hatte, kehrte Seth zu den Göttern zurück. Er behauptete, dass er Horus nicht gefunden hätte. Aber Thot hatte ihn gefunden und wusch Horus die Augen mit Gazellenmilch, wodurch dieser wieder sehend wurde. Das Göttergericht tagte wieder mit dem üblichen Hin und Her, den Intrigen und dem Streit. Als alles nichts mehr nützte, holte man Osiris, den Vater von Horus herbei, der in einer großen Auseinandersetzung die rechten Machtverhältnisse für den Gott der Lebenden und der Toten festsetzte. Zur Durchsetzung seiner Forderungen standen ihm die Boten mit den wilden Gesichtern zur Verfügung. Diese konnten das Herz jeglichen Gottes oder Menschen holen, um es zur Rechenschaft zu ziehen im Westen, im Lande der Toten, indem sie es auf eine Waage legten. Osiris würde in jedem Falle das endgültige Urteil sprechen.

Der Gerichtshof fällte das Urteil. Horus wurde Herr von Ober- und Unterägypten, Seth in Ketten gelegt. Aber Re-Harachte nahm ihn als seinen Sohn an. Seths Aufgabe sollte es fürderhin sein, im Himmel zu donnern, und den Menschen Angst einzujagen. –

An diesem Abend hörte Marc Rückers zum ersten Mal den Schrei eines Turmfalken. Er kam von der Ruine her.

***

Er legte das Buch aus der Hand. Er kannte es fast auswendig. Dann schloss er die Augen und döste in der Sonne. Fast wäre er eingeschlafen und vom Stuhl gerutscht. Er sah auf die Uhr: Zeit für den Bericht. Große Lust hatte er nicht. Außerdem gab es nichts Neues. Ein Tag lief wie der andere ab. Er nahm sich vor, einen Strichkalender zu entwerfen, der ihm die Restzeit auf dieser verdammten Insel anzeigen würde: Tag für Tag, Nacht für Nacht.

Abends vor dem Zubettgehen sah er das Tierchen auf dem Bord in der Nasszelle: es sah aus wie eine Art Küchenschabe mit rötlichen Flügeln. Als er es zerdrücken wollte, streckte es seine langen Fühler langsam kreisend ihm entgegen. Er konnte die knopfförmigen schwarzen Augen deutlich erkennen.

„Na, was machst Du hier, Old Granddad?"

Bevor er zuschlug, wurde ihm klar, dass er den einzigen Begleiter, den er hier im Container hatte, ermorden würde: Old Granddad. So nannte er ihn – nach einer Sorte von Bourbon Whiskey wegen der Färbung der Flügel. Vielleicht gab es noch anderes Ungeziefer hier drin, aber der da – der war immer zur Stelle.

Wenn Rückers von seinen schweren Gängen heim kam, schaute er zunächst nach Old Granddad. Ja, er trat in den Duschraum und rief ihn: „He, Old Granddad, alles klar? Wo bist Du?" Manchmal sah

125

er das Tier tagelang nicht, dann war es wieder da. Er hatte bemerkt, dass es leise raschelte, wenn es sich bewegte. Es war sein einziger Freund. Die Vögel draußen interessierten ihn nicht. Die waren ihm zur Plage geworden. Nur ein Vogel nicht: derjenige, der ihn abends immer rief – ein Ruf, dem er auf die Dauer nicht würde widerstehen können. Er musste wieder zu dem alten Hof. Und zwar bald.

Ueckermünde Kommissariat

An der Liepgartener Strasse in Ueckermünde hatten sich im kleinen Besprechungsraum der Polizeistation versammelt: Hauptkommissar Wolter und seine Assistenz Falko Naumann, Nicole Reuter und Stefan Kirn. Wolter hatte einen kleinen Stapel Papier vor sich liegen. Als auch Kommissar Kirn aufgehört hatte, in seiner Kaffeetasse zu rühren, legte Wolter los:

„Wir haben zwei ungeklärte Fälle, die die Aufmerksamkeit der Öffentlichkeit auf sich gezogen haben, und die von ihrer Schwere fast einmalig in unserem Zuständigkeitsbereich liegen – zumindest, was die Sache in Mönkebude angeht. Deshalb möchte ich mit diesem Thema zuerst anfangen. Auch, wenn das erst danach geschehen ist."

„Was ist mit dem Vogelwart?" fragte Naumann.

„Sag ich doch. Kommt später."

„Ich dachte, das wäre erledigt. Der hatte doch ne Überdosis, der Herbig."

„Hatte er auch. Aber warte doch. Wir machen das danach. Jetzt erst einmal zu den Vieren aus Holland."

Wolter zog einige Blätter aus seinem Stapel. Die anderen erkannten am Logo, dass es ein medizinischer Bericht war:

„Wie schon vermutet, handelt es sich nicht um einen Unfall, sondern um Mord, allenfalls Totschlag oder – noch weicher formuliert – um Körperverletzung mit Todesfolge. In vier Fällen. Die Leute sind mit einem Giftgasmix getötet worden…."

„K.O.-Gas?" fragte Reuter.

„Nein. Eher nicht. Ich lese vor, was die hier schreiben: eine Mischung aus Carfentanyl und Halothan."

Großes Schweigen in der Runde.

„Noch nie gehört", unterbrach Reuter die Stille.

„Ich bis dahin auch nicht", fuhr Wolter fort: „Ich lese jetzt nicht den ganzen Bericht vor. Das Carfentanyl wird normalerweise zur Betäubung von Wildtieren benutzt. Also, wenn in Afrika ein Tiger mit einer Betäubungspatrone geschossen wird. Ihr kennt das ja vom Fernsehen."

„Und wie hieß das andere?" fragte Naumann.

„Moment. Kommt noch. Also das Halothan ist ein Narkosemittel, das auch in Krankenhäusern angewandt wird. Bei Überdosis führt es zu …. Tachykardie … steht hier."

„Tachycardie sind doch Herzrhythmusstörungen", bemerkte Reuter.

„Genau. Besser gesagt: Herzrasen bis hin zu
so genanntem Vorhofflimmern, bei dem die meisten
Patienten sterben."

„Und das hat jemand gemischt und dort
versprüht?" bohrte Naumann nach.

„Genau. Wahrscheinlich irgendwie dosiert,
damit die Wirkung auch ja eintrat. Möglicherweise
wollten die ja nur betäuben, aber das ist daneben
gegangen."

„Die müssen aber medizinische Kenntnisse
gehabt haben. Ich habe noch nie etwas von diesem
Zeug gehört oder gelesen. Das müssen Spezialisten
gewesen sein."

„Oder auch nicht. Davon gehört haben wir,
glaube ich, alle schon. Diese oder eine ähnliche
Mischung wurde vor einigen Jahren in Moskau in
einem Opernhaus, indem sich kaukasische
Geiselnehmer mit den Zuschauern befanden, von
den russischen Sicherheitskräften eingesetzt. Das
haben viele Geiseln nicht überlebt. Also – entweder
waren unsere Täter – und ich gehe von mehreren aus

– tatsächlich Spezialisten – zumindest Einer von denen – oder die haben sich das Zeug auf dem Schwarzmarkt besorgt. Im letzteren Falle müssten sie Verbindungen in den Osten haben."

„Denkst Du an eine von den Balkanbanden?" fragte Kirn.

„Kann schon sein."

Naumann war noch nicht ganz zufrieden: „Wieso gehst Du davon aus, dass es kein Einzeltäter war?"

„Aus logistischen Gründen: Anfahrt, Fluchtauto, Aufpasser und so weiter. Aber ich kann mich auch täuschen. Auf jeden Fall müssen wir jede Option prüfen. Nicole, Du kümmerst Dich um die Chemikalien: wo gibt's die? Wie leicht kommt man dran? Hat jemand etwas verkauft, vermisst? Stefan und Falko, Ihr nehmt Euch noch einmal das Personal und die Dauerurlauber in Mönkebude vor. Fragt auch in den Gaststätten nach. Ich gehe davon aus, dass der oder die Täter vorher prospektiert hatten, bevor sie rein gingen. Vielleicht hat jemand etwas

Auffälliges bemerkt, oder ein paar schräge Vögel sind aufgefallen. Soweit alles klar?"

Nicken in der Runde.

„So, und nun zu Sebastian Herbig. Obwohl der Fall gerichtsmedizinisch abgeschlossen ist und Eigenverschulden angenommen wird, bleiben einige ungeklärte Punkte. Ich war bei den Leuten in Leopoldshagen, die die Insel betreuen. Die hatten den ja eingestellt. Aber der machte einen völlig unauffälligen Eindruck. Die bezweifeln, dass das ein Junkie war. Können sich natürlich irren, aber hinzu kommt, dass wir auf der ganzen Insel und auch in dem Wohncontainer keine Spur von Drogen gefunden hatten. Gut, er konnte die versteckt haben, und damals sind wir nicht mit Suchhunden los. Und die Stelle, wo er ins Wasser gefallen sein soll, ist auch nicht bekannt."

„Meinst Du, dass das etwas mit Mönkebude zu tun haben könnte?"

„Glaube ich nicht. Aber mich regt das auf, dass es hier zwei mysteriöse Fälle am Wasser gibt.

Wir sollten uns die Akte noch einmal in Ruhe anschauen. Gehst Du da noch mal drüber, Falko?"

„Wenn wir aus Mönkebude zurück sind."

„Vielleicht sollten wir noch einmal mit der Gerichtsmedizin sprechen. Wie das kommt, dass einer soviel Zeug im Leibe hatte. Man müsste doch feststellen, ob der schon früher regelmäßig an der Nadel hing."

Der Keller

Auf seinen Runden kam Marc Rückers naturgemäß immer wieder an der Stelle vorbei, an der er über den Zaun gestiegen war. Er wanderte sozusagen auf die Ruine zu, um sich nach der engsten Stelle wieder davon zu entfernen. Es war ihm klar, dass sein erster Besuch nicht sein letzter gewesen war. Er ahnte auch, dass dieses verfallene, verlassene Haus mit seinen Nebengebäuden Teil eines größeren Zusammenhangs war, der ihn auf diese Insel verschlagen hatte. Er hatte sich vorgenommen, einen zweiten Besuch abzustatten, wenn die Herde wieder am entfernten Ende graste. Das Haupthaus kannte er ja schon in groben Zügen, aber da waren noch die Wirtschaftsgebäude – und der Keller.

Er kramte in der Werkzeugkiste hinten im Container und förderte ein Brecheisen zutage. Wozu benötigte man hier ein Brecheisen? Vielleicht, wenn Benny Holzkisten mit Material anlieferte? Egal. Er steckte das Eisen in seinen Rucksack für den nächsten Tag.

Obwohl es morgens schon recht kühl war, blieben die Tage klar bis auf einige Regenwolken, die rasch landeinwärts zogen. Nachmittags fielen manchmal ein paar Tropfen. Ansonsten blieb es tagsüber angenehm mild. Er zog los, drehte hastig seine Runde, den Bericht würde er später abschicken, und kehrte dann zu seiner Übersteigstelle zurück. Die Herde war in weiter Ferne.

Er ging zügig auf das alte Haus zu und trat ein. Alles war so, wie er es in Erinnerung hatte. Was sollte sich auch verändert haben? Hier war doch niemand gewesen. Er verließ die Ruine und hielt sich nach links auf das erste der kleineren Nebengebäude zu. Der ehemalige Pfad dorthin – keine zwanzig Meter – war stark zugewachsen. Es gab keine Tür mehr. Drinnen war es dunkel, bis auf einen breiten Lichtstrahl, der durch ein großes Loch im Dach schräg auf den Fußboden fiel. Da war nicht viel zu sehen: einige vermoderte Bretter, ein umgestürzter Stuhl mit drei Beinen, eine rostige Gartenschere. Weiter hinten hatte es wohl früher einmal einen Verschlag gegeben. Einige Bretter hingen noch in ihren Verankerungen. Dahinter war nichts mehr. Hier gab es nichts zu holen. Also in den nächsten Schuppen.

Da war wohl einmal ein Hühnerstall angebaut gewesen. Ansonsten hatte das Häuschen früher als Werkstatt gedient. Die Werkbank mit verrostetem Schraubstock stand noch am Platz. Rückers entdeckte zwei alte Schraubenzieher und einen Lötkolben, auf dem Fußboden trat er auf einige einsame Schrauben. Sonst nichts. Er ging wieder nach draußen. Er wusste, wo er hinwollte.

Hinters Haus.

Auf dem Weg griff er sich eine alte Mistgabel, die er zwischen Brennnesseln fand. An der Einstiegstür legte er seinen Rucksack ab und holte das Brecheisen hervor. Nach einigen Versuchen hatte er es in der Mitte zwischen den Flügeln verkeilt und versuchte, die Türen zu öffnen. Ein Flügel gab nach. Die Tür war nicht von innen verriegelt, sondern lag nur auf. Er nutzte die Heugabel, um einen längeren Hebel zu haben und drückte das Türblatt nach außen auf. Es fiel krachend zur Seite. Rückers blickte nach unten und sah eine verstaubte Steintreppe voller Mäusekot. Er holte seine Taschenlampe hervor und stieg hinunter.

Er zählte genau acht Stufen, dann stand er in einem dunklen Gewölbe. Der Lichtschein seiner Taschenlampe fiel auf grauweiße Vorhänge aus Spinnweben, die leise in dem Luftzug zu schwingen begannen, der von oben in dieses modrige Verlies blies – wohl zum ersten Mal seit Jahrzehnten.

Rückers holte die Heugabel von oben, kehrte zurück und wischte damit die Spinnweben beiseite. Ab und zu fiel eine dicke schwarze Spinne auf den Boden und huschte fort in irgendein Versteck.

Der Raum war nicht besonders groß – etwa vier mal vier Meter in der Fläche. Der Fußboden war reiner Estrich, die Wände mit ehemals roten Backsteinen verklinkert. Aus der Wand gegenüber der Treppe staken Haken hervor. An einem hingen Stofffetzen von dem, was wohl ehemals Säcke gewesen waren, an einem anderen eiserne Reifen, wie von einem Holzfass. Rechts an der Seitenwand stand ein Gestell – eine Art Bett ohne Matratze mit vier Füßen und einem Kopf- und einem Fußende. Er stieß mit einem Fuß daran. Es fiel nicht in sich zusammen. Unter diesem Bett lugte ein Garnknäuel hervor. Er zog daran, und das Knäuel wurde lang und immer länger, bis er in der Mitte des Raumes ein altes, halbvermodertes Fischernetz aufgehäuft hatte. Er leuchtete noch einmal die Wände ab. Dann

138

schaffte er das Netz nach draußen und warf die Falltür wieder zu.

In der blendenden Sonne versuchte er, sich zu konzentrieren, Rucksack und Netz zu seinen Füßen. Dann klopfte er Staub und Spinnweben von seinen Beinen. Allerlei Gedanken schossen ihm durch den Kopf. Dieser Keller. Dieser Keller könnte eine Alternative sein. Eine zweite Anlaufstelle. Ein Rückzugsort, wenn es denn einmal sein musste. Wer weiß? Er verstaute das Eisen in seinem Rucksack, versteckte die Heugabel im Unkraut und wickelte das Netz notdürftig auf. Das konnte auch vielleicht nützlich werden. Er würde es mitnehmen und am Container säubern, im Wasser ausspülen – und dann verstecken. Niemand sollte davon wissen. Es war seins. Er machte sich auf und schleppte das große Netz hinter sich her.

Neue Kontakte

Er war nicht allein auf dieser Insel. Dessen war er sich immer mehr sicher. Es gab Indizien. Dabei meinte er nicht Old Granddad. Jedes Mal, wenn er nach seinen Runden nach Hause kam, begrüßte er die Schabe. Wenn er ins Bad kam rief er:

„Na, Old Granddad? Immer noch da?"

Und manchmal kroch die bräunliche Schabe hinter seinem Zahnputzbecher hervor. – Er meinte nicht die Gesellschaft von Old Granddad. Sein Gespür hatte eines Morgens die Gegenwart eines anderen Menschen wahrgenommen. Es war, als wenn ihm jemand folgte. Er blieb gelegentlich stehen und schaute über die Schulter zurück. War da jemand? Hatte es nicht im Gras geraschelt. Das waren Vögel. Aber nicht so. Da war jemand. Da musste jemand sein. Bewegte sich da nicht ein Strauch? Vielleicht nur vom Wind. Das Wetter begann, sich zu verschlechtern. Die Wolken verschwanden nur noch spät vormittags. Danach kamen sie wieder.

Marc Rückers war auf der Hut. Er wusste: er war nicht allein. Er hatte einen Begleiter, der ihm auf den Fersen blieb – unsichtbar noch, aber stets hinter ihm. Außerdem meinte er, einen kleinen Pfad entdeckt zu haben – parallel zum Ufer auf sein Haus zu. Der Pfad war nur schwach zu sehen, nur niedergetretenen Gras, das sich wieder aufrichtete, nichts Bleibendes. Rückers wusste nicht, wie lange diese Spur schon vorhanden war, ob von Anfang an oder nicht. Aber sie war da, so schmal sie auch sein mochte. Sie führte direkt zum Container.

Kurze Zeit später hörte er bei einem Beobachtungsgang ein Geräusch. Er konnte es zunächst nicht zuordnen. Es war wie das Schaben und Kratzen nachts, wenn er im Bett lag. Aber es war nicht dasselbe. Es war nicht so undifferenziert. Es war, als wenn jemand versuchte, Worte zu formen. Er drückte sich auf beide Ohren. Das war kein Tinnitus. Oder war es der Wind? Oder ein Vogel. – Es waren Worte. Jemand sprach zu ihm. Ziemlich nah. Er drehte sich ruckartig um. Da war niemand. Er konnte den Sinn der Worte nicht verstehen. Es klang eher wie ein Gurgeln.

Tags darauf war die Stimme schon da, als er kaum zehn Meter vom Container entfernt war, nach der ersten Biegung, am ersten Gebüsch vorbei. Da sagte jemand, den er nicht sah, und der ihn ständig begleitete, etwas zu ihm, was er nicht verstehen konnte. Nachts im Inneren seiner Behausung war die Stimme weg.

„Old Granddad, hier können wir nicht bleiben. Wir werden verfolgt. Da sind Leute hinter uns her. Wir müssen hier weg. Ich habe einen Plan. Ich brauche noch etwas Zeit. Ich muss noch einiges vorbereiten", so sprach er zu seinem Mitbewohner.

Am folgenden Tag zog Marc Rückers wieder seine Runden. Die Spur zu seinem Haus war immer noch nicht ganz verschwunden. Sein Netz hatte er mittlerweile gewaschen.

Unwetter

Der Sommer erreichte seinen Höhepunkt,
aber die Sonnentage schienen vorbei zu sein. Dafür
hatte sich eine Schwüle eingestellt, die trotz einer
leichten Brise drückend auf die Menschen lastete.
Schon morgens türmten sich hohe Ambosswolken
auf, und am Spätnachmittag wurde der Himmel
schwarz. Die ersten Blitze zuckten so gegen acht
Uhr abends. Marc Rückers hatte sich in seinen
Container zurück gezogen und beobachtete das
Geschehen am Esstisch neben dem Fenster zum
Wasser hin. Kurze Zeit später prasselte der erste
Hagel auf das Dach seiner Behausung. Dann kam
Sturm auf.

Er schloss das kleine Oberlicht, das er geöffnet hatte, damit die stickige Luft in seiner Behausung gegen frische ausgetauscht werden sollte. Das war ihm jetzt bei dem Gewitter zu riskant. Es würde sicherlich bald vorüber sein, dann könnte er die Tür öffnen und ordentlich durchlüften. – In der Tat schien das Unwetter sich bald seinem Ende zu nähern. Für eine Viertelstunde kehrte Ruhe ein, und nur ein leichter Regen trommelte noch aufs Dach. Dann aber krachte es plötzlich wie eine explodierende Bombe direkt über ihm, gefolgt von gleißenden Blitzen, die für Sekundenbruchteile die ganz See- und Insellandschaft in taghelles Licht tauchte. Und wieder und wieder. Der Sturm tobte jetzt genau über der Hütte. Regen stürzte wie Gischt herab, sodass Rückers befürchtete, das Dach würde den Wasserfällen nicht standhalten. Orkanartige Böen rüttelten an seiner Unterkunft. Er hatte Angst, das Gehäuse könnte jeden Moment umgerissen und in Wasser geschleudert werden mit ihm darin. Er würde ertrinken.

Zwischen Blitz und Donner war es draußen jetzt pechschwarz geworden. Er hatte seine Deckenbeleuchtung schon längst eingeschaltet. Manchmal schien sich der Sturm zu entfernen, dann kehrte er zurück – mit immer stärkerer Intensität, wie Rückers meinte. Plötzlich gab es einen Rumms unter dem Container und das Licht ging schlagartig aus. In das Stromkabel musste wohl ein Blitz eingeschlagen haben. Draußen heulte der Wind wie wahnsinnig.

Rückers dachte an das Notstromaggregat neben dem Häuschen. Er wusste nicht, wie er so ein Gerät bedienen sollte. Irgendwo in der Rumpelkammer hing wahrscheinlich eine Anleitung dazu. Mit Hilfe des Scheins seiner Taschenlampe suchte er den kleinen Raum auf. Er hatte – seit er hier wohnte – ein kleines Durcheinander veranstaltet. Überall lagen Sachen herum, Behälter, Schuhe, Geräte, die er nicht benötigte. Der Schein seiner Lampe wurde zusehend schwächer. Er konnte kaum noch etwas erkennen. Irgendwo mussten

Ersatzbatterien zu finden sein. Fehlanzeige. Er tastete nur noch, fand sie aber nicht. Dann griff er in eine Pappschachtel auf einem Regalbrett und hatte eine Kerze in der Hand. In der Schachtel lagen haufenweise Wachskerzen. Jetzt benötigte er nur noch Zündhölzer. Ganz vorsichtig tastete er nach rechts, dann nach links neben der Schachtel, um nichts umzustoßen. Fehlanzeige. Er ging langsam zurück in den Wohnraum. Unter dem flackernden Restlicht seiner Taschenlampe öffnete er Laden und Türen des Küchenschranks. Dann fand er die Streichhölzer in der Bestecklade.

Marc Rückers starrte in die Flamme. Draußen tobten die Elemente. Dann kam die Erleuchtung. Ganz langsam dämmerte es ihm. Der Gerichtshof hatte das Urteil gefällt. Horus wurde Herr von Ober- und Unterägypten, Seth in Ketten gelegt. Re-Harachte aber nahm ihn als seinen Sohn an. Seths Aufgabe sollte es fürderhin sein, im Himmel zu donnern, und den Menschen Angst einzujagen. Seth war ganz nahe. Rückers hörte ihn, wie er um seinen Container tobte und daran rüttelte. Und …. wenn Seth da draußen war – wen verfolgte er dann?

Die Puzzelstücke seiner Logik fielen zusammen, bis sie ein schlüssiges Bild ergaben. Es konnte nicht anders sein. Es war bewiesen. Alles hatte sich gefügt. Er wurde von einem seltsamen Glücksgefühl erfüllt. Gleichzeitig beschlich ihn tief in seinem Innern eine furchtbare Angst. Wer sollte ihm glauben? Die würden ihn für verrückt erklären. Er musste auf Anweisungen warten.

Als der Sturm nachließ, saß er noch lange am Tisch, bis die Kerze heruntergebrannt war. Als er mit seinen Plänen fertig war, dräute draußen der Morgen. Marc Rückers hatte seine Bestimmung gefunden. Er war die letzte Inkarnation von Horus.

***

Er machte die Durchführung seiner Pläne abhängig von einigen Fakten, die er überprüfen musste. Er wollte nichts überstürzen und insbesondere keinen Argwohn wecken. In der Abstellkammer fand er die laminierte Bedienungsanweisung für das Notstromaggregat. Früh am Morgen im Hochgefühl seiner neuen Identität suchte er das Teil auf. Der erste Schritt war das Betanken. Er öffnete das Tankschloss und stellte fest: der Tank war leer. Er hatte die Kanister mit dem Diesel neben dem Aggregat erwartet, aber da war nichts außer zwei rechtwinkligen Abdrücken von verwelktem Gras. Hier hatten einmal zwei Kanister gestanden. Die waren jetzt fort. Auch gut. Er brauchte sie ohnehin nicht mehr. Umso eher kam es zur Umsetzung seiner Pläne.

Das nächste, was zu tun war, war die Leute aus Leopoldshagen ruhig zu halten, bis alles erledigt war. Er musste noch Benny abwarten, der Morgen kommen würde. Er würde nichts über den Stromausfall berichten. Wenn die neuen Vorräte da waren, könnte es losgehen. Heute würde er seine letzte Runde drehen, dann Frau Janske anrufen.

***

Er nahm Rucksack und sein Netz, das er neuerdings immer dabei hatte und machte sich auf den Weg. Das Netz hatte er sich fein säuberlich zurechtgeschnitten, sodass es handhabbar war. Überall waren jetzt kleine Pfützen, stand Wasser im Gras. Nicht weit von seiner Wohnung fiel sein Blick auf eine hohe Pappel, deren oberer Teil in einem 45-Grad-Winkel herunterhing. Vom Blitz, von Seth, getroffen in der vergangenen Nacht. So nahe bei. Fast hätte es ihn erwischt. Das Schicksal wollte es anders.

Langsam und bedächtig zog er seinen Weg. Es waren weniger Vögel als noch vor einigen Tagen. Er hatte es bemerkt. Schon seit geraumer Zeit. Das hatte nichts mit dem Gewitter zu tun. An bestimmten Stellen waren die einfach verschwunden. Manchmal lagen Federn entlang der Strecke. Und er hatte sogar einmal den Kopf einer Nebelkrähe gefunden. Hier geschahen seltsame Dinge. Ihm fiel die Frage von Benny ganz zu Anfang eine, ob er auch tote Vögel gesehen hätte.

Als er wieder bei seinem Haus war, wurde es Zeit, Frau Janske anzurufen. Sie müsste jetzt erreichbar sein:

„Ja, hallo, hier Rückers. Guten Morgen Frau Janske."

….

„Ja, habe alles gut überstanden. Nur hier ist ein wenig Unordnung, sodass es heute mit dem Beobachten nicht viel wird."

….

„Ja, deshalb rufe ich auch an. Wegen des Berichts. Ich werde heute keinen schicken."

….

„Gut, dann weiß ich Bescheid. Geht in Ordnung. Tschüss."

Die Berichte hatten sich immer mehr geähnelt in letzter Zeit. Er hatte das Verschwinden der Vögel nicht erwähnt. Janske wollte einen zusammengefassten Bericht erst in einer Woche.

Umso besser. Er hatte nichts von dem Stromausfall erwähnt. Und von dem fehlenden Diesel auch nicht. Er brauchte das jetzt alles nicht mehr. Morgen noch Benny abwarten. Dann war sowieso Schluss.

Ueckermünde Markt

Ein sonniger Morgen in der zweiten Augusthälfte. Hauptkommissar Wolter hatte sein Dienstfahrzeug auf dem Parkstreifen vor der Apotheke gegenüber dem Marktplatz in Ueckermünde abgestellt. Es war kurz nach Zehn. Nachdem der gestrige Tag lang gewesen war – immerhin hatten sie bis nach 22:00 Uhr an der Liepgartener Straße zusammengesessen – hatte er sich heute Morgen ausgeruht. Auf dem Weg zur Arbeit wollte er in der Bäckerei noch einige Kuchenteilchen für die Mitarbeiter einkaufen. Als er zum Wagen zurückschlenderte, fiel ihm ein Mann auf, der sich die mit Kreide auf eine große Tafel geschriebenen Angebote der Eisdiele ansah. Der Mann war schlank, Anfang 40, mit sportlicher Figur, eine schwarze Baseballkappe auf dem Kopf. Er trug karierte Bermudahosen, dazu ein dunkelgrünes T-Shirt. Wolter kannte diesen Mann. Er wollte gerade einsteigen, als der Fremde sich umdrehte mit dem Gesicht zu ihm hin.

„Gibt's denn so was? Der Herr Klein! Was machen Sie denn hier?"

Hauptkommissar Klein aus Bonn strahlte über sein ganzes rheinländisches Gesicht und ging auf Wolter zu: „Mensch Heinz, dass ich Dich noch getroffen habe. Wir wollen morgen abreisen. Ich muss nur noch ein paar Sachen für unterwegs einkaufen. Wie geht´s?"

„Heinz….", dachte Wolter. Haben wir uns so gut gekannt? Egal. Aber er hatte Kleins Vornamen vergessen: „Komm, wir trinken einen Kaffee. Soviel Zeit muss sein."

Die Beiden nahmen an einem kleinen runden Tisch draußen vor der Eisdiele Platz und gaben ihre Bestellung auf.

„Jetzt fällt es mir wieder ein. Nicole Reuter hatte Dich schon neulich am Schweinemarkt gesehen. War ganz untergegangen in dem Stress, den wir momentan hier haben. Hast sicher davon gehört."

„Ja. Die Nicole, die lief mir über den Weg. Haben uns kurz unterhalten. Die hatte es eilig. Ja, die Vier. Das lief ja tagelang auf allen Sendern. Schreckliche Geschichte. Habt Ihr schon ne Spur?"

„Was man so Spuren nennt. Du kennst das ja. Kann nicht viel dazu sagen. Du bist hier mit Familie, nicht?"

„Ja. Du erinnerst Dich doch an die Frau von dem Bernsteinhändler, der in der Hütte gelegen hatte."

„Sicher. Noch wie gestern."

„Nun, dem seine Witwe und ich, wir sind uns näher gekommen, haben Anfang des Jahres geheiratet. Sie hat ihre Tochter mit in die Ehe gebracht."

„Na, herzlichen Glückwunsch. Das ging ja ziemlich flott."

„Wenn man es so sieht…."

„Sind die beiden auch hier mit Dir?"

„Ja. Die sind auf dem Boot und packen. Morgen geht's heim."

„Übers Wasser?"

„Nee, nee. Das trau ich mir nicht zu. Dauert auch zulange. Das Boot kommt auf den Anhänger und dann mit dem Auto nach Hause. Morgenfrüh."

„Wie lange wart Ihr hier?"

„Fast drei Wochen. Das muss reichen für ein Jahr."

„Wo liegt Ihr?"

„In der Lagunenstand. Herrlicher Fleck."

„Habt Ihr ne Wohnung gemietet? Wie sind die? War noch nie in einer drin dahinten."

„Nee, keine Wohnung. Wir schlafen auf dem Boot."

„Auf dem Boot? Warum das?"

„Ist romantischer und billiger."

Wolter schlürfte langsam seinen Cappuccino und blickte nachdenklich über den gepflasterten Marktplatz auf den Eingang des Hotels am anderen Ende. Es herrschte viel Betrieb um diese Zeit: Urlauber und Einheimische, die ihre Einkäufe besorgten oder von den diversen Außengastronomien Gebrauch machten. Sommerliches, unbeschwertes Treiben. – Wolter wandte sich abrupt an seinen Kollegen aus dem Rheinland:

„Ich darf Dir eigentlich keine Details erzählen, aber wo Du das sagst: Ihr schlaft auf dem Boot…. Wir haben ja eben kurz über den Fall gesprochen….", er senkte seine Stimme und blinzelte in die Runde: „Du musst vorsichtig sein an Bord, besonders nachts."

„Meinst Du das geht noch weiter? War das kein Einzelfall?"

„Also: da läuft eine ganze Serie von Diebstählen auf Booten hier in den kleinen Häfen in der Gegend. Bis rauf nach Anklam. Wir tappen noch im Dunkeln. Wir vermuten die Täter von Mönkebude gehören zu einer Bande aus dem Balkan. Es gibt einen Hinweis, aber den musst Du für Dich behalten."

„Um was geht es?"

„Die Vier sind ja umgekommen. Wir haben mit der Todesursache bis jetzt hinter dem Berg gehalten, um die Ermittlungen nicht zu stören. Ich sag Dir jetzt was, und Du hast es niemals gehört: das war Gas."

„Gas?" flüsterte Klein. „K.O.-Gas oder so etwas?"

„Nein. Nichts dergleichen. Es war eine Mischung aus zwei Substanzen, die vom russischen Geheimdienst eingesetzt wurde, um den Terrorangriff auf dieses Theater in Moskau damals zu beenden. Du erinnerst Dich?"

„Vage."

„Mehr kann ich Dir nicht sagen. In Mönkebude war die Dosis zu hoch. Die Leute sind dabei draufgegangen. Jetzt weißt Du Bescheid. Sei vorsichtig. Die können überall zuschlagen."

Die Männer schwiegen still. Jeder ging seinen Gedanken nach.

„Danke für den Hinweis", sagte Klein.

„Also, Thorsten ….", der Vorname seines rheinischen Bekannten war ihm wieder eingefallen, „dann macht´s gut. Ich muss weiter. War nett, Dich wieder zu sehen. Und …. Gute Heimreise. Das nächste Mal, wenn Ihr hier seid, ruf mich an. Dann gehen wir einen trinken – mit den anderen auch. Tschüss."

Beide hatten sich erhoben, gaben sich die Hand.

„Tschüss Heinz …. Und noch mal vielen Dank. Grüß mir die anderen. Tschö."

Wolter eilte zu seinem Wagen. Er war spät dran. Klein zahlte beide Getränke und schlenderte nachdenklich vom Markt Richtung Supermärkte. Er hatte sich keinen Zettel gemacht und jetzt vergessen, was er eigentlich holen sollte. Er zückte sein Mobiltelefon und rief seine Frau an.

Ein Raubzug

Der Tag neigt sich dem Ende zu. Bereits gegen 20:00 Uhr beginnt es zu dunkeln. Es war noch angenehm warm gewesen, aber jetzt kommt ein frischer Wind auf, und die beiden Männer, die noch zu den Wenigen gehören, die vor der Eisdiele am Ueckermünder Markt sitzen, haben sich ihre Windblousons übergezogen. Sie haben Zeit. Der eine ist klein, etwas untersetzt, kräftig, mit pechschwarzen Haaren und dünnem Oberlippenbart, um die dreißig Jahre alt. Sein Kompagnon hat blondes Haar mit Stirnglatzenansatz, ist glatt rasiert, schmal und groß, etwa vierzig Jahre alt. Sie rauchen schweigend und trinken ihren Kaffe aus.

„Zeit, zu gehen", sagt der Blonde und ruft eine Kellnerin zum Zahlen. Dann stehen sie auf und schlendern gemächlich in Richtung Schweinemarkt, wo sie ihr SUV-Fahrzeug geparkt haben. Sie fahren gemächlich Richtung Zoo ab, verlassen dort die Stadt und rollen in Richtung Bundesstraße 109, die sie in Ducherow erreichen. Ziel ist Anklam.

In Anklam fahren sie am Steintor vorbei und biegen dann kurz vor dem Markt nach rechts ab bis in die Nähe der Peene. Es ist kurz vor 22:00 Uhr. Sie fahren parallel zur Peene weiter, bis in die Nähe des Yachthafens. Es ist noch zu früh. Sie bleiben im Wagen.

***

Kurz nach Mitternacht steigen die beiden aus. Sie tragen dunkle Rucksäcke und bewegen sich zielstrebig in Richtung Hafen, wo jede Menge Sportboote liegen. Es fällt kein Wort. Sie wissen, wo sie hinwollen. Schließlich zeigt der Blonde auf ein fünf Meter langes Boot. Es ist unbewohnt, die Persenning festgezurrt. Sie schauen sich kurz um. Die nächste Hafenlaterne ist weit genug entfernt. Sie sind im Dunkeln. Der Kleinere springt geräuschlos aufs Boot, während der andere sich in die Nähe eines Schuppens zurückzieht, um die Lage zu beobachten. Der erste Mann schlitzt die Plane auf und verschwindet darunter. Nach gut fünf Minuten zeigt er seinen Kopf und stößt einen ganz kurzen Pfiff aus. Jetzt steigt der andere nach.

In der Kajüte schrauben sie Instrumente ab und verstauen sie in ihren Rucksäcken. Unter Deck werden sie fündig: Laptop, Schmuck in den Schrankladen, ein Smartphone. Alles in die Rucksäcke. Der Lange steigt nach oben, ob die Luft rein ist. Nichts zu sehen. Blitzschnell sind sie wieder auf dem Steg. Gehen ruhig zurück. Niemand, der ihnen folgt. Dann ins Auto. Zigaretten werden angezündet. Dann geht es aber schnell raus aus Anklam wieder in Richtung Ueckermünde.

***

Sie nehmen die Umgehung bei Ueckermünde Richtung Altwarp. Die Straßen sind jetzt menschenleer. Es geht weiter durch Bellin bis kurz vor Vogelsang-Warsin. Dort biegen sie rechts ab Richtung Ahlbeck (nicht das auf Usedom), und dann weiter nach Rieth. In Rieth rührt sich ebenfalls nichts. Es ist bereits zwei Uhr nachts vorbei. Sie fahren gemächlich durch die Ortschaft bis vor die Schranke an dem kleinen Hafen und stellen das Fahrzeug am Waldrand ab. Schweigend legen sie die letzten Meter bis zum Bootsanleger zurück und entern das kleine grüne Ruderboot. Leinen los, und der Kleinere legt sich in die Riemen. Ein Stück weit vom Ufer bricht der Lange das Schweigen:

„Hoffentlich pennt unser Aufpasser."

„Geh ich von aus. Warum nicht?"

„Komischer Kerl. Wenn der uns in die Quere kommt, gibt's eins auf die Nuss."

„Wird schon schlafen."

Etwa hundert Meter vom Container des Vogelwarts gehen die beiden in dichtem Schilf an Land. Im Wohncontainer ist es stockdunkel. Und auch das Nachtgetier ist zur Ruhe gekommen. Die beiden ziehen das Boot an Land und nehmen ihre Rucksäcke. Geräuschlos winden sie sich durch den Schilfgürtel und dann weiter durch hohes Gras und Unkraut Richtung Rückers Schlafstätte. Sie benötigen keine Taschenlampe. Sie kennen den Weg.

Kurz vor dem Container vergewissern sie sich noch einmal, halten inne. Dann gehen sie zum hinteren Ende der Behausung. Der Kasten steht auf Stelzen wegen möglicher Flutgefahr. Der Kleine bückt sich darunter und hebt mit einem Kuhfuß vorsichtig eine von den Waschbetonplatten an, zieht sie langsam zu sich hin. Es gibt ein kratzendes, schabendes Geräusch. Sie halten inne. Nichts. Weiter ziehen, schaben, kratzen. Dann liegt das Loch frei. Der Kleine nimmt seine Beute aus dem Rucksack und legt sie hinein. Dann reicht er nach hinten. Der Andere gibt ihm sein Paket. Danach schiebt der Kleine die Platte langsam wieder zurück: Schaben, kratzen. Stille. Nichts.

Sie stehen auf, gehen um den Container herum nach vorne und von dort wieder denselben Pfad zurück zum Boot. Im Boot zieht der Kleine eine Glasflasche aus seinem Rucksack und genehmigt sich einige kräftige Schlucke. Er hält sie seinem Kumpan hin.

„Nein. Nicht jetzt. Muss fahren."

Sie rudern langsam zurück, vertäuen das Boot an seinem alten Platz und gehen zum Auto. Der Lange fährt. Durch Rieth hindurch, bis sie in der Nacht verschwinden.

Hauptkommissar Kleins letzter Urlaubsabend

Der Abend war ebenso sonnig wie der
Morgen gewesen war. An einem Tisch vor der
Eindiele am Ueckermünder Markt saß wieder
Thorsten Klein – dieses Mal nicht mit seinem
Homologen aus der Liepgartener Straße, sondern mit
Frau und Töchterchen. Ein letztes Eis im Urlaub.
Zum Abschied. Das Mädchen sagte nicht viel. Bald
würde die Schule wieder losgehen. Barbara Klein
dachte an die lange Fahrt. Aber gepackt war jetzt
alles. Der Vater zahlte, sie standen auf und
schlenderte langsam Richtung Chinarestaurant am
unteren Ende, dann nach rechts hinter der Kirche

vorbei und dann links hinter der Anwaltskanzlei zum Parkplatz, wo sie ihr Auto abgestellt hatten.

Von dort dann am Kai entlang, über die Zugbrücke, die dieses Mal unten war, über die Bahn, und dann Richtung Haffbad weiter. Kurz vor dem großen Parkplatz am Haffbad bogen sie durch die offene Schranke in die Lagunenstadt ein. Klein suchte einen Parkplatz. Sie hatten noch ein paar Einkaufstüten mitgenommen und gingen so bepackt zur ersten Lagune, wo ihr Boot neben einigen anderen vertäut war. Zu Abend hatten sie in der Stadt gegessen. Sie sprangen aufs Boot und entspannten sich. Klein mixte drei Drinks – einen alkoholfreien für das Mädchen und zwei Mojitos für Barbara und für sich.

„Auf den schönen Urlaub. Prost."

***

Silke und Ben Thommes bewohnten ein kleines Ferienapartment in der Lagunenstadt. Sie waren den ganzen Tag mit dem Fahrrad unterwegs gewesen – bis hin nach Torgelow zum Ukranenland. Dort dann die Besichtigung des Museumsdorfes und dann mit den Rädern zurück. Zum Schluss hatten sie noch in Ueckermünde beim Italiener Pizzen gegessen. Um 20:00 Uhr kehrten sie in ihr Feriendomizil heim und waren rechtschaffen müde. Auch für zwei Enddreißiger war es ein anstrengender, wenn auch sportlicher Tag gewesen. Dann hatten sie auf der Couch gefaulenzt, ein paar Bier getrunken und waren schließlich vor dem Fernseher eingedöst.

Gegen 23:30 wurde Silke wach und weckte auch ihren Mann. Sie hatte Lust, vor dem Schlafen noch schwimmen zu gehen. Ben ließ sich überreden und so ging es los in Badekleidung und mit Handtüchern bewaffnet. Die Luft war frisch. Sie hatte es nicht weit. Es war Nacht und niemand mehr am Strand. Von der Lagunenstadt waren es keine zweihundert Meter. Sie schlängelten sich durch die leerstehenden Strandkörbe bei der Erste-Hilfe-

169

Station. Es war zunehmender Mond und kaum bewölkt, sodass sie sich orientieren konnten. Sie ließen ihre Handtücher in einem der Strandkörbe und rannten ins kalte Wasser.

Es dauerte eine Weile, bis sie die weißen Tonnen erreicht hatten, die das Ende der Nichtschwimmerzone anzeigten – fast einhundert Meter ins Haff hinein. Dann fiel der Meeresboden steil ab. Jetzt schwammen sie weg vom Ueckerkopf Richtung Neuendorf. Nach zehn Minuten hatte Ben die Nase voll.

„Lass uns umkehren. Ich hab für heute genug getan."

„OK", kam die Antwort von gut zehn Metern voraus.

Nach weiteren zehn Minuten hatten die beiden wieder Strandsand unter den Füßen und rieben sich mit den Handtüchern trocken.

„Das hat gut getan", meinte Silke, und schon waren sie wieder auf dem Heimweg. Als sie sich der Schranke zur Lagunenstadt näherten, fiel ihnen ein

Geländewagen auf, der an der Einmündung vom Fußweg, der vom Ueckermünder Hafen dorthin führte, abgestellt war.

„Wo kommt der denn her? Der stand hier vorhin doch noch nicht", meinet Ben. Es war mittlerweile nach 0:30 Uhr. Im gleichen Moment sahen sie zwei Gestalten, die auf den Wagen zugelaufen kamen. Das Ehepaar war jetzt keine zehn Meter mehr davon entfernt. Es waren zwei Männer in dunkler Kleidung. Ein kleinerer und ein langer Typ. Der Lange war unverkennbar blond. Mehr war nicht zu sehen. Ben hielt seine Frau zurück. Sie standen jetzt hinter einem Gebüsch am Wegrand. Die beiden Fremden hatten ihr Auto erreicht, stürzten sich hinein und rasten mit quietschenden Reifen und Vollgas davon in Richtung Haffcenter und Ortsausgang.

„Was war das?" fragte Silke, aber bevor Ben eine Meinung abgeben konnte, fuhr sie fort. „Hör mal, da ruft jemand."

Sie blieben stehen und lauschten in die Nacht hinein. Tatsächlich, da erklang so etwas wie ein Rufen, aber es hörte sich mehr wie ein Krächzen an.

„Vielleicht ist das ein Tier", meinte Ben. „Wir gucken mal nach."

Es war in der nächsten Lagune hinter der Einfahrt. Auf einem Boot zwanzig Meter von ihnen entfernt krümmte sich eine Gestalt, würgte und schrie um Hilfe. Die beiden rannten los:

„Was ist passiert?" rief Ben, aber der Mann auf dem Bootsdeck deutete mit ausgestrecktem Arm nach unten auf die kleine Treppe, die zu den Kabinen führten:

„Schnell meine Frau und mein Kind. Schnell", stieß der Mann hervor. Ben eilte die wenigen Stufen hinunter. In der Enge dort unten gab es nicht viel zu suchen. Die Tür zur Schlafkabine stand offen. Ben sah das Kind und zog es aus der Koje, aber bevor er wieder draußen war, spürte er ein Stechen im Kopf, und ihm wurde schlagartig schwindlig. Sein Trägheitsmoment war groß genug, sodass er das Treppchen hinauffiel. Das kleine Mädchen rutschte aus seinen Armen und fiel nach vorne aufs Oberdeck. Silke war mittlerweile auch auf das Boot gesprungen und kümmerte sich um den Mann.

„Gas, Gas", stammelte er. Silke holte das Mädchen, das anscheinend bewusstlos war, und zog dann ihren Mann nach oben. Der hatte seine Orientierung wieder gefunden und setzte sich kraftlos neben den verletzten Mann.

„Da ist noch eine Frau."

Silke ging vorsichtig hinunter. Sie hatte sich ihr Handtuch um ihr Gesicht gebunden. Dann zwei schnelle Schritte und sie hatte die Frau entdeckt. Ohne Bewusstsein. Silke fasste ihre Füße und versuchte, sie aus dem Bett zu ziehen. Das ging so langsam. Jetzt spürte auch sie die Übelkeit. Ihre Sinne drohten zu schwinden. Sie würde es nicht mehr lange machen. Da stürzte von oben der andere Mann hinunter. Er hatte sich wieder berappelt. Mit vereinten Kräften gelang es ihnen, die Frau Richtung

Aufstieg zu schleppen. Als Silke fast das Bewusstsein verloren hatte, tauchte Ben wieder auf. Zu Dritt hatten sie es schließlich geschafft. Ben war verschwunden. Er lief zum Apartment und holte sein Mobiltelefon.

***

Hauptkommissar Wolter hatte sein komplettes Team aus dem Schlaf getrommelt: Falko Naumann, Nicole Reuter und Stefan Kirn. Noch ein Gasangriff. Wenn jetzt nichts geschah, würde es eng für ihn und seine Truppe. Die vorgeordnete Dienststelle blies ihm bereits ihren heißen Atem in den Nacken.

Sie fanden fünf Menschen in der Lagune – teils auf dem Bootsdeck, teils auf dem Kai. Kurz darauf kamen Rettungsfahrzeuge und Notarzt an. Dann weitere Einsatzfahrzeuge. Die komplette Lagunenstadt wurde abgesperrt. Später rückte Spurensicherung und Gerichtsmedizin nach.

„Leben alle fünf", berichtete der Notarzt.
„Drei sind bei Bewusstsein und können
kommunizieren. Eine Frau und das Kind sind
bewusstlos. Ich weiß nicht, wie kritisch das ist. Alle
müssen sofort ins Krankenhaus. Was kann das
gewesen sein?"

„Gas", erwiderte Wolter und erklärte dem
Arzt, um was es sich handelte….

Thorsten Klein hatte die letzten Worte
mitbekommen, als er schon auf einer Bahre
festgeschnallt war und abtransportiert wurde. Sein
Erinnerungsvermögen kehrte langsam zurück:

Nachdem Barbara und Gina sich nach unten
zurückgezogen hatten, war er noch eine ganze Weile
allein an Deck geblieben. Er holte sich noch ein,
zwei Biere und genoss die Ruhe des letzten Abends.
Das würde eine lange Fahrt werden morgen. Er
schätzte mindestens vierzehn Stunden. Deshalb
brauchte er die Nachtruhe. Er musste die ganze
Strecke alleine meistern. Barbara traute sich nicht

zu, den Wagen mit dem Bootsanhänger zu fahren. Sie hatte noch keine Erfahrung darin. Das musste sich bis zum nächsten Urlaub ändern. – Aber er wusste auch, dass er in dieser letzten Nacht nicht viel Schlaf kriegen würde. Nach all dem, was Kollege Wolter ihm heute Morgen erzählt hatte, würde er mit Sicherheit keine Ruhe finden. Er hatte seine Dienstwaffe ja nicht dabei. Er war ja nicht im Dienst, und einmal im Jahr mindestens wollte er kein Polizist sein, sondern ein ganz normaler Bürger. So wie manche Pfarrer, wenn sie in den Urlaub fahren, eben auch nicht ein Schild vor sich hertragen, auf dem ihr Beruf angegeben ist.

Dann – so gegen zehn – war es ihm doch zu langweilig geworden, und er hatte sich seiner Familie in den Schlafkojen angeschlossen. Er hatte seine Tageskleidung anbehalten. Nur die Schuhe hatte er ausgezogen. Angespannt lag er auf dem Rücken und versuchte, Ruhe zu finden. – Manchmal döste er weg, dann schreckte er wieder auf.

Schließlich – es musste so gegen 23:00 Uhr gewesen sein, sackte er in einen traumlosen Schlaf.

Tapp, tapp, klirr hatte es gemacht. Hatte er es geträumt? War da nicht ein Geräusch oben an Deck? Er hörte nichts. Alles war ruhig. Sicher nichts. Einen Augenblick lang rang er mit sich, ob nach oben gehen und Ausschau halten sollte. Aber, Unsinn. Bei jedem Knarren, bei jedem Geräusch immer sofort nach oben steigen und nachsehen, ob die Luft auch rein wäre. Er drehte sich auf die Seite. Tapp, tapp, klirr hatte es gemacht.

Dann ein leises Zischen. Er strengte sich an. Ja, da war es. Das war keine Einbildung. Es kam aus der Richtung vom Kabinenaufgang. Er knipste das Nachtlicht an und stellte fest, dass die Tür zu ihrer Schlafkabine einen Spalt breit offen stand. Vielleicht hatte er das am Abend so gelassen Wer weiß? Das Zischen war immer noch zu hören. Er setzte sich auf. Jetzt war es verstummt. Dann spürte er den ersten Schwindel.

Mit einem Satz war er aus der Koje und stürzte nach oben. Dabei stieß er sich an der niedrigen Decke und stieß einen spitzen Schrei aus. Sofort trampelte es auf dem Deck. Er hörte Männerstimmen, die sich hastig entfernten, aber bevor er ihnen nach konnte, brach er zusammen. Er brachte nur noch einige krächzenden Schreie heraus. Dass er später noch einmal bei halbem Bewusstsein selbst ins Bootsinnere zurückgekehrt und sein Familie gerettet hatte, fiel ihm in diesem Augenblick noch gar nicht ein. Er wusste nur, dass alle in Sicherheit waren. Wolter hatte die Sache in der Hand.

Lagebesprechung

Hauptkommissar Heinz Wolter stand schon seit einer Viertelstunde am Fenster seines Büros und starrte auf den Hof zwei Stockwerke tiefer. Einsatzfahrzeuge, ein paar Fahrräder, Mülltonnen. – Er blickte wieder auf seine Armbanduhr. Schon eine halbe Stunde Verzug. Er ging hinaus auf den Korridor bis zum großen Konferenzzimmer, schaute prüfend hinein: alles gesetzt wie es sein sollte. Er ging zurück in sein Büro, direkt aufs Fenster zu.

Ein schwarzer 5er BMW fuhr langsam ein und parkte dort – direkt vor dem Hintereingang – wo keine Parkfläche ausgezeichnet war. Vorne neben dem Fahrersitz stieg ein hoch gewachsener Mann von etwa 45 Jahren aus: blondes, gewelltes, nach hinten gekämmtes Haar, das ihm hinten etwas über den Kragen reichte. Der Mann trug trotz des sommerlichen Wetters einen anthrazitfarbenen Paletot: Polizeidirektor Lampader aus Anklam. Hinten verließen seine beiden Kofferträger den Wagen: eine blonde Frau mit halblangen Ringellöckchen, höchstens 30 Jahre alt, und ein Mann in Wolters Alter – also Mitte bis Ende fünfzig. Den Aktenkoffer trug die Dame.

Wolter lief in den Flur und rief:

„Sie sind da. Es kann losgehen."

Und die Kommissare Naumann, Reuter und Kirn beeilten sich, in den Besprechungsraum zu kommen. Wolter ging zum Treppenabsatz und hörte, wie die drei schnaufend nach oben kamen.

„Guten Morgen Herr Polizeidirektor."

„Morgen. Wo sind hier die Toiletten?"

„Links am Ende des Ganges. Wir warten solange."

„Guten Morgen. Wolter", stellte sich der Herr des Hauses vor.

„Susanne Weißhaupt, Inspektorin."

„Jürgen Zernik, Hauptkommissar."

„Gute Fahrt gehabt?"

„War Stau auf der 109 sofort hinter Anklam. Deshalb sind wir verspätet."

„Keine Ursache." Und kein Anruf per Mobil von unterwegs, dachte Wolter. Lampader war zurück und Wolter dirigierte die drei in den Besprechungsraum. Seine Leute hatten bereits Platz genommen. Lampader zog seinen Mantel aus und legte ihn auf einen der freien Stühle an der Wand. Dann setzte er sich unaufgefordert an das Kopfende des großen Tisches, seine beiden Leute links und rechts seitwärts daneben. Er trug einen grauen Anzug, weißes Hemd und weinrote Krawatte. Weißhaupt im schicken Nadelstreifenkostüm, Zernik eher, wie man es von einem Polizisten im Einsatz erwartet: Jeans, kariertes Hemd ohne Schlips und mit Cordjacke. Wolter selbst hatte Uniform angelegt, seine Leute waren im üblichen Look: Jeans, T-Shirts und Lederjacken.

Naumann blinzelte über den Tisch. Er konnte es kaum glauben: echte Porzellantassen mit Unterteller statt Pappbecher, Kaffeelöffel statt Plastikrührstäbchen, Würfelzucker auf einem richtigen Teller, nur das Milchkännchen passte nicht zu dem Ensemble. Es stammte wohl aus einem anderen Service. Und zwei glänzende Thermoskannen voll Kaffee, dazu zwei große Teller mit Meeting-Gebäck. Wolter schenkte den Gästen persönlich ein, dann setzte er sich und wollte loslegen:

„Wir freuen uns, dass Ihr gut aus Anklam angekommen seid. Mein Ermittlungsstab in der Angelegenheit, um die es geht, ist hier komplett angetreten. Ich möchte vorstellen …."

„Heinz, mach keine langen Vorreden. Wir haben heute noch Einiges vor. Ich war ja schon mal hier. Nur kurz die Namen", unterbrach der Direktor.

Wolter zeigte auf seine Leute und stellte sie vor.

„OK. Das hier ist Susanne Weißkopf und hier haben wir Jürgen Zernik. Die beiden sind über den Fall im Bilde."

Die Frau öffnete den Aktenkoffer und zog ein dünnes Dossier in einer Plastikhülle hervor, schob es Lampader hin. Naumann schätze die Dicke des Papierstoßes auf nicht mehr als zwei Blatt.

„Heinz, kannst Du etwas zum augenblicklichen Stand der Ermittlungen sagen?"

„Also, auf welchen Fall beziehen wir uns? Den Kürzlichen oder den mit den Holländern?"

Lampader wurde ungehalten: „Für mich ist das ein und derselbe Fall. Beide Male wurde Giftgas eingesetzt. Das reicht doch wohl für eine Verbindung oder?"

Wolter berichtete, was er wusste. Es gab eine Analyse des Gases. Es gab eine erste Personenbeschreibung, das Tatfahrzeug.

„Habt Ihr die Quelle von dem Gas?"

„Wir sind auf der Suche."

„Das kann doch wohl nicht so schwer sein. So etwas gibt es doch nicht zig-mal auf der Welt."

„So ist es. Und Du kannst es nicht in jeder Apotheke kaufen. Es wird wohl über dunkle Kanäle aus dem Ausland eingeschleppt worden sein, wahrscheinlich über einen der beteiligten Täter. Da wir den noch nicht haben, können wir ihn nicht befragen."

Und so ging es weiter. Die drei Adlaten von Wolter wussten nicht, warum sie überhaupt an der Sitzung teilnahmen. Bis Lampader schließlich das Gespräch beendete:

„Gut. Das ist alles sehr unbefriedigend. Wir wollen jetzt die beiden Tatorte sehen."

Wolter schluckte. Das war mehr als ungewöhnlich, dass sich eine übergeordnete Dienststelle in Ermittlungsdetails auf dieser Ebene einmischte. Normalerweise stellten die dann jemanden dafür ab, aber der Chef selber?

„Da gibt es nicht mehr viele zu sehen. Das war auf Booten, auf dem Wasser. Die sind jetzt weg."

„Trotzdem. Wir möchten uns ein Bild machen, wo das passiert ist."

„Dann fangen wir am Besten in der Lagune an und fahren anschließend nach Mönkebude. Dann seid Ihr ja schon auf dem Weg nach Hause."

„Nicht einverstanden. Wir wollen zuerst nach Mönkebude. Das war zeitlich zuerst. Ich muss auch ein Gefühl für die zeitliche Abfolge bekommen, Entfernungen und so weiter. Also wir nehmen unseren Wagen und Ihr Vier fahrt voraus."

„Alle Vier? Meine Leute haben zu tun. Es reicht, wenn ich dabei bin."

„Keinesfalls. Die Menschen da draußen sollen sehen, dass wir das ernst nehmen und mit Hochdruck an der Sache dran sind. Die ganze Truppe soll da aufkreuzen."

***

Eine Viertelstunde später kamen sie mit zwei Autos in Mönkebude an und parkten vor dem Deich. In der Tat – als plötzlich sieben Polizisten im Yachthafen auftauchten, ließ Georg Bracht, der Hafenmeister den Nordkurier, den er vor dem Kiosk seiner Frau an dem kleinen Kaffeetisch las, ruckartig auf seine Knie sinken. Dann rief er seine Frau:

„Else, komm raus. Da ist bestimmt wieder was passiert. Kuck Dir das an."

Drei Arbeiter, die Gehölzpflege am kleinen Wohnwagenplatz betrieben, kamen ebenfalls rüber zum Kiosk und wollten wissen, was Sache wäre.

Wolter ging allen voran, dicht gefolgt von den Dreien aus Anklam. Seine eigenen Leute blieben zurück. Wolter musste sich orientieren. Das ursprüngliche Boot war natürlich nicht mehr da; an der Stelle lag eine anderes. Er fand die Stelle wieder, weil sie gleich gegenüber des Stromverteilers lag. Inspektorin Weißhaupt stolperte über das Elektrokabel, das zum Boot führte.

„Hier war es."

Lampader schaute auf die Boote, auf den Kai, ins Wäldchen vor dem Badestrand hinein, ging ein paar Schritte Richtung Hafenausfahrt, immer eng gefolgt von seinen Begleitern, ging zurück in die andere Richtung und stellte sich endlich vor Wolter:

„Sind das alles Langzeitlieger hier?"

„Manche sicher. Manche kommen auch nur für ein paar Tage. Müssen den Hafenmeister fragen."

„Nicht nötig. Kannst Du Dich daran erinnern, ob die Nachbarboote, die da jetzt liegen, damals auch schon da lagen?"

„Wir haben die Namen und die Besitzer der Boote aufgenommen. So wie ich das heute sehe, sind die nicht mehr da. Da liegen andere."

„OK", Lampader dachte nach. Dann wandte er sich an seine Begleiter: „Habt Ihr noch Fragen?"

Kopfschütteln.

„Weißt Du was, Heinz? Wir brechen auf, sind ja schon auf halbem Wege Richtung Heimat. Ich habe genug gesehen."

„Wollt Ihr nicht mehr in die Lagune?"

„Nee. Nicht mehr nötig. – Ihr könnt schon vorgehen. Ich muss noch was mit Heinz besprechen."

Seine Leute bewegten sich zum Ausgang des Hafens. Wolters Mannschaft war auch schon auf dem Rückweg. Lampader fasste den Hauptkommissar am Revers seiner Uniformjacke:

„Hör mal zu Heinz. So geht das nicht. Vier Tote und drei andere, die gerade noch davon gekommen sind. Und keine greifbaren Ergebnisse. Ich rate Dir, den Druck zu erhöhen. Ich erwarte spätestens in vierzehn Tage was Handfestes. Sonst kriegt Zernik den Fall. Ist das klar?"

Wolter schwieg.

„Das Peinliche an der Sache ist außerdem, dass eines der Opfer in der Lagune ein Kollege aus dem Rheinland war. Ausgerechnet ein Polizist. Wo steckt der jetzt?"

„Der ist wohl wieder zuhause mit seiner Familie."

„Ich befürchte nur, dass das einen ganz schlechten Eindruck da unten über unsere Arbeit gemacht hat. Aber ich habe vorsorglich da schon mal angerufen."

„Und?"

„Habe die Direktion in Köln kontaktiert."

„Und was haben die gesagt?"

„Dass Sie sich nicht mit dem Fall befassen würden. Das wäre nicht deren Ermittlungsgebiet. Haben mich an die Dienststelle von dem Kollegen Klein in Bonn verwiesen."

„Hast Du da auch angerufen?"

„Natürlich."

„Und?"

„Die haben mich nach an Köln zurückverwiesen."

Wolter grinste in sich hinein. Gott sei Dank. Das Rheinland funktionierte noch.

***

Die Rücklichter des Anklamer Wagens waren gerade um die nächste Ecke verschwunden, als drei Ueckermünder Polizisten sich durch laute Flüche ihrem Chef gegenüber Luft verschafften. Lampader kam ganz schlecht weg. Wolter reagierte gelassen:

„Leute, wir gehen jetzt im Goldenen Löwen ein Bier trinken. Anschließend haben wir genug zu tun."

„Was wollte er noch von Dir?" fragte Nicole Reuter.

„Er hat damit gedroht, den Fall Zernik zu übergeben."

„Oh Mann."

„Er will in spätestens vierzehn Tagen Ergebnisse. Wir werden ab jetzt nicht mehr die kleinste Spur auslassen. Ich bin mittendrin dabei."

Old Granddad

Es wurde Zeit, aufzubrechen. Marc Rückers hatte seine letzten Habseligkeiten zusammengebracht: sein Netz, seine wenigen persönlichen Habseligkeiten, die noch herumlagen, noch eine Flasche mit Mineralwasser gefüllt – alles andere war bereits an Ort und Stelle. Es hatte schon angefangen zu dämmern. Noch eine Nacht würde er hier nicht mehr verbringen. Er wollte nur noch kurz seine Waschtasche packen. Dann konnte es losgehen.

Draußen war es um diese Abendzeit jetzt kühl. Man konnte nicht mehr auf den Treppenstufen sitzen und in die Sonne blinzeln. Überhaupt: die

Sonne war schon seit einigen Tagen hinter grauen Wolken verschwunden. – Er ging noch einmal um den Container herum, suchte, ob er auch nichts vergessen hatte, oder Abfall versehentlich liegen geblieben war. Nichts. Alles sauber. Er ging zurück in den Container in die Nasszelle, nahm seine Waschtasche und begann, die Sachen vom Bord unter dem Spiegel einzupacken.

Seife, Rasierer, Zahnbürste. Als er den Zahnputzbecher in die Hand nahm, kroch das kleine Insekt hervor und streckte ihm seine braunen Fühler entgegen.

„Sorry, Old Granddad, Du musst hier bleiben. Ich kann Dich leider nicht mitnehmen."

Rückers steckte den Becher ein und warf einen letzten Blick in den Spiegel: ein mageres Gesicht mit tiefliegenden, halbgeschlossenen Augen unter einem ungepflegtem Haarschopf starrte ihn an. Das ist aus Dir geworden, dachte er. Und als sein Blick sich abwenden wollte, entdeckte er etwas Weißes am unteren Rand des Spiegels. Er kratzte mit dem Zeigefinger daran. Es ließ sich bewegen. Schließlich kam die Kante eines zusammengefalteten Papiers zum Vorschein. Er zog es ganz heraus und faltete es auseinander. Da hatte jemand etwas darauf geschrieben. Eine Notiz. Er las:

ACHTUNG! HÜTE DICH VOR OLD GRANDDAD!
ER FOLGT DIR ÜBERALL HIN.

Was war das denn? Eine Botschaft. Ohne Zweifel. Aber wieso kannte der Schreiber den Namen des Tiers, das er, Marc Rückers ihm persönlich gegeben hatte. Wer hatte denn vorher hier gehaust? Vielleicht schon viele verschiedene Vogelexperten. Der Letzte war tödlich verunglückt. Der musste es gewesen sein. Hätte er, Marc, das Papier doch bloß eher gefunden. Dann wäre er auf der Hut gewesen. Wenn sein Vorgänger ihm auch den Namen gegeben hatte, denselben, dann hatte das

Viech ihm das sicher genauso eingegeben wie ihm auch: Old Granddad.

Rückers verließ den Container und setzte sich doch noch einmal auf die Stufen vor der Tür. Er musste nachdenken und einen Entschluss fassen. Er hatte jetzt nichts mehr zu verlieren. Dann schaute er nach vorne und bemerkte wieder diesen geheimnisvollen Pfad, kaum sichtbar. Die Halme richteten sich immer wieder auf. Irgendjemand musste dort gelegentlich herlaufen. Er war nicht allein. Und deshalb musste er fort. In Sicherheit.

Dann stand er langsam auf und ging zurück ins Bad. Auf dem Bord saß immer noch unbeweglich das Insekt. Rückers gab sich einen Ruck, nahm es zwischen Daumen und Zeigefinger und zerdrückte es. Mit einem Schaudern schnippte er den Rest von seinem Daumen auf den Boden und trat noch einmal darauf. So, das hätten wir. Dann faltete er den Zettel wieder zusammen und steckte ihn wieder an dieselbe Stelle hinter dem Spiegel, wo er ihn gefunden hatte. Er streifte Daumen und

Zeigefinder an seiner Hose ab und verließ sein bisheriges Heim auf dieser Insel für immer.

Draußen schulterte er seinen Rucksack, klemmte sich das Netz unter den Arm und stiefelte los. Er warf keinen Blick zurück, und es war fast dunkel geworden.

Funkstille

Melanie Janske war heute mit dem Rad gekommen. Frisch aus dem Urlaub. Sie hatte sich vierzehn Tage Großstadt gegönnt und ihre Schwester in Berlin besucht. Jetzt brauchte sie wieder Natur. Es war 10:00 Uhr vormittags, als sie das kleine Büro in Leopoldshagen aufschloss. Alles schien so aufgeräumt, wie sie es an ihrem letzten Arbeitstag vor dem Urlaub hinterlassen hatte. Müller war wohl nicht vorbeigekommen.

Sie legte ihre Sachen ab, stellte Kaffee auf und schaltete ihren Computer an. Nach einigem Rumpeln rief sie ihr Email Account auf. 64 Spam-Mails, 27 Unbekannte, von denen 23 ebenfalls

Spams waren und 24 echte, von denen man aber die Hälfte ignorieren konnte. Bleiben 12 zur Bearbeitung. Na ja, das geht ja. Es gab einige Anfragen von interessierten Naturkundlern, Biologen, Schulklassen, eine Mahnung von der Druckerei, ein Bericht von Rückers und zwei private von Freundinnen. Alles im grünen Bereich. Der Kaffe war auch fertig.

Sie hatte gerade Milch und Zucker verrührt, als ihr Mobiltelefon klingelte. Es war Benny:

„Hallo Benny, wie steht´s. Du bist heute der Allererste nach meinem Urlaub. Moin."

Benny war beunruhigt. Er hatte heute Morgen den Riether Werder beliefert, d. h. er hatte seine wöchentliche Fuhre zum Anlegeplatz bei Rückers´ Container gemacht, aber es war weit und breit kein Rückers zu sehen gewesen. Er hatte ausgeladen und dann gerufen – ohne Reaktion. Es war auch nichts zum Abholen rausgestellt worden: Müll, Verpackungen. Dann hatte er noch eine Viertelstunde gewartet, danach hatte er seinen ersten

Anruf versucht, aber Janske war nicht dran gegangen. Sie war mit dem Rad unterwegs, was Benny nicht wissen konnte. Schließlich hatte er seine Fracht dort stehen gelassen und war dann nach Rieth zurückgekehrt. Als er mit dem Wagen wieder in Altwarp am Hafen angekommen war, wo er noch einige Dinge in der Räucherei erledigen wollte, hatte er es noch einmal versucht und Janske endlich erreicht. Das war der Stand:

„Der war sicher unterwegs auf Pirsch. Der findet die Sachen nachher."

Benny war nicht so leicht abzuwimmeln. Er erzählte, dass der Student in letzter Zeit einen abgeschlagenen, kranken Eindruck gemacht hatte, war einsilbig gewesen, geradezu abweisend. Vielleicht nahm er auch Drogen, so wie sein Vorgänger. Janske versuchte, Benny zu beruhigen. Aber der sprach von möglichen Unfällen: wenn der nun gestürzt wäre, sich das Bein gebrochen hätte, irgendwo hilflos herumläge ….

Janskes Urlaub war definitiv vorbei, die ersten Sorgen hielten Einzug. Aber das mit dem Unfall hatte etwas für sich. Schließlich waren sie ja für die Sicherheit des Rangers verantwortlich:

„Hör zu, Benny, ich hatte ihm damals gesagt, er brauche nicht immer dabei zu sein, wenn Du kommst. Fahr morgenfrüh noch mal rüber und schau nach. Dann entscheiden wir, was wir machen. Die Extratour kriegst Du auch bezahlt."

***

Am nächsten Morgen war es auch nicht besser. Benny hatte wieder übergesetzt, die Ladung vom Vortage stand noch am selben Platz, und von dem Studenten war weit und breit keine Spur zu sehen. Benny rief noch einmal in alle Richtungen, aber er bekam keine Antwort. Er hatte nicht vor, auf eigene Faust auf Suche zu gehen; das war nicht in seinem Kompetenzbereich. Also rief er wieder in Leopoldshagen an und erhielt Anweisung, nach

Rieth zurückzukehren und das Boot dort am Steg zu vertäuen. Müller und Janske würden später auf den Werder fahren. Und so machte Benny es dann auch.

Mittlerweile hatte Melanie Janske noch einmal die Berichte von Rückers durchgesehen. Der letzte war tatsächlich noch am Abend vor ihrem ersten Urlaubstag eingegangen. Danach war nichts mehr gekommen. Das war an sich nicht weiter schlimm. Sie hatten dem jungen Mann gesagt, er könne ruhig mal einen auslassen. Im Hochsommer gab es ohnehin nicht viele Veränderungen in der Vogelpopulation. Aber dann hatte sie die letzten Berichte zurückverfolgt. Und siehe da, mindestens die letzten vier waren identische Kopien. Könnte faktisch korrekt sein, war aber dennoch verdächtig. Auf jeden Fall verständigte sie jetzt ihren Kollegen, aber Müller war in Pasewalk bei seiner kranken Mutter und würde erst am Nachmittag zurück sein. Also, Geduld haben.

Melanie Janske war beunruhigt. Ihr Schützling war anscheinend nachts nicht zu seinem

Standort zurück gekehrt. Der Proviant stand unberührt am Ufer. Was hatte das zu bedeuten? War er wirklich verunglückt? Oder hatte man ihn überfallen? Hier geschah ja soviel in letzter Zeit. Boote wurden geplündert, nachts von Räubern heimgesucht. Es hatte ja schon Tote gegeben. Die Unruhe wuchs.

Kurz nach vier tauchte Sven Müller auf. Sie stieg zu ihm in den SUV und ab ging es nach Rieth. Sie nahmen nichts mit. Da es bewölkt war und das laue Sommerwetter sich seinem Ende näherte, zogen sie sich Ihre Windjacken über, und dann legten sie die kurze Strecke über das Wasser zur Anlegestelle im Nullkommanichts zurück. Schon beim Einlaufen sahen sie die Proviantkiste und das Mineralwassergebinde dort stehen.

„Was soll das denn?" fragte Müller überflüssigerweise.

„Keine Ahnung."

Sie sprangen aus dem Boot, Müller machte es fest, und dann besuchten sie als Erstes den

Container. Rückers war nicht zuhause; soviel war klar. Hätte ja sein können, er hätte krank im Bett gelegen. Das Bett war nicht gemacht. Kein Problem bei dieser einsamen Haushaltsführung hier. Alles andere wäre unnormal gewesen. Aber dann: es gab so gut wie keine persönlichen Gegenstände von Rückers mehr in der Unterkunft. Kein Laptop, kein Mobiltelefon, keinen Rucksack – lediglich in einer Plastiktüte einige Stücke gebrauchter Wäsche. Der Proviant im Schrank war auch ziemlich dezimiert. Alles sah nach einem geordneten Auszug aus.

„Wo kann der hin sein?" fragte dieses Mal Janske. „Der kann doch von hier nicht weg mit seinen Sachen."

„Außer, jemand hat ihn abgeholt."

„Komisch. Lass uns seine Runde nach gehen. Los."

Sie machten sich auf und gingen Schritt für Schritt den Observierungsweg nach. Ganz langsam, blieben stehen, und schauten sich jedes Mal in der Gegend um, nach links und rechts, hinter einzelne

Gebüsche, ob der Mann vielleicht dort läge, aber nichts.

Sie waren noch keine hundert Meter gegangen, als sie die ersten Spuren wahrnahmen: Federn, Vogelfedern – zuerst eine einzelne, dann mehrere auf einem Haufen. Auch das zunächst keine Besonderheit. Dann rief Janske, die etwas vorausging, Müller zu sich.

„Schau Dir das an."

Vor ihnen auf dem Pfad lag ein toter Vogel – oder das, was von ihm übriggeblieben war. Bis auf die Kopffedern war er komplett gerupft, und Teile des einen Flügels waren abgebrochen. Eine Nebelkrähe. Melanie Janske hielt sich eine Hand vor den Mund.

„Das ist nicht normal. Das war kein Fuchs. Das war kein Raubvogel. Die hätten die Krähe gefressen oder zerhackt, aber nicht nur die Federn ausgerissen."

Müller schwieg. Für ihn waren die Dinge immer noch plausibel. Bis sie den nächsten Fund

tätigten. Janske stieß einen Schrei aus. Noch eine
Krähe, halb auseinandergerissen. Und überall
Federn. Die Krähenfüße hatten sich in Reste eines
alten Fischernetzes verheddert. Jetzt wurde es auch
Sven Müller mulmig.

„Kann sein, dass da noch ein altes Netz
herum lag oder an einem Baum hing, und die Vögel
haben sich darin verfangen."

„Und wer hat ihnen die Federn ausgerissen?"

„Vielleicht ein Fuchs oder ein anderer Vogel.
Wer denn sonst?"

Janske ging jetzt eilig, fast rannte sie. Überall
Federn von unterschiedlichen Vögeln, mitunter
ausgerissene Stücke von einem Netz. Sie kamen an
eine Stelle, da hörte die Spur auf. Sie schauten sich
um. Ein paar Meter weiter war der Weidezaun. Die
Herde war nicht zu sehen – und hinter dem Zaun
ging die Fährte weiter, schon von weitem deutlich
sichtbar. Ohne zu zögern kletterten die beiden über
den Draht und liefen der Federspur nach, die
gelegentlich für einige Meter unterbrochen war, bis

vor das Ruinenhaus. Aber die Spur führte nicht hinein, sondern seitlich darum herum. Sie folgten ihr, und was sich dann hinter dem Haus zeigte, ließ ihren Atem stocken. Melanie Janske hielt sich beide Hände vor das Gesicht. Sie brachte vor Grauen keinen Ton heraus, und Sven Müller schüttelte nur ununterbrochen ungläubig den Kopf. Vor ihnen breitete sich ein Schlachtfeld aus: tote Vögel, wohin man schaute, fast alle nackt, ihrer Federn beraubt: Krähen, Gänse, Schwalben, Reiher. Und mitten dazwischen ein altes ausgedientes Fischernetz.

„Ich bring ihn um", brachte Janske schließlich krächzend hervor. „Ich schlag ihn tot."

Müller überlegte: „Woher wissen wir, dass er es war. Das macht doch keinen Sinn. Warum sollte er so etwas tun. Er ist doch Biologe."

„Keine Ahnung. Aber einer muss es ja getan haben. Und hier ist sonst keiner." Sie weinte jetzt.

„Er aber auch nicht. Er ist auch nicht hier. Und die Spur endet hier. Wir haben seinen Weg ja noch gar nicht zu Ende abgelaufen. Wir sind doch über den Zaun den Federn nach. Vielleicht liegt er auch irgendwo da draußen."

„Und was soll das hier alles? Wer tut so etwas? Es fing kurz hinter dem Conatiner an. Er muss damit etwas zu tun haben."

„Oder auch nicht."

Sie waren ratlos. Überall diese Federn und Kadaver – bis auf eine Stelle. Die Klappen, die den Eingang zum Keller zudeckten, waren frei. Kein Vogel, keine Feder darauf, komplett frei gelassen. Sie blickten sich an. Müller zog an dem Ring, um einen Deckel zu heben. Nach einigen Zentimetern gab er auf. Er schaute in die Runde. Zwischen den Brennnesseln lag eine alte Grepe. Kurz entschlossen griff er sie und gab sie Janske.

„Ich ziehe die Klappe hoch, und Du klemmst den Stiel dazwischen."

Gesagt, getan. Durch die Hebelwirkung des Stiels konnten sie die erste Klappe öffnen. Die zweite ging dann einfach. Vor ihnen lagen acht Stufen nach unten. Ein schwacher, flackernder

Lichtschein schien herauf, gefolgt von einem bestialischen Gestank. Es roch nach Exkrementen und Blut und verwesendem Fleisch. Sie gingen hinunter, Müller vorsichtig voran. Hatten sie geglaubt, sie hätten für heute den Höhepunkt des Horrors gesehen, so hatten sie sich getäuscht. Als sie unten angekommen waren, befanden sie sich in einer anderen Welt – in einer Welt, in der der Alptraum Normalität war.

Rechts von den Stufen stand ein in der Mitte eingebrochenes Feldbett, auf der einige zerknüllte Wolldecken lagen. Janske identifizierte sie als Eigentum des Freundeskreises aus dem Container. Darauf lagen einige Lebensmitteldosen und eine Trinkflasche. Die restlichen Einzelheiten konnte sie nicht mehr aufnehmen, da ihr Blick gefesselt war von dem, was sich in der Mitte des dumpfen Verlieses vor der hinteren Wand abspielte. Der größte Teil der Wand, ab etwa einem Meter vom Fußboden, auf einer Fläche, die insgesamt wohl vier Quadratmeter ausmachte, war von einer seltsamen

Skulptur bedeckt, einer Art Materialbild, so wie man sie in Höhlen in Mittelamerika, gefunden hatte: ein riesiges Vogelbildnis mit ausgebreiteten Schwingen, das Bildnis eines Falken, zusammengesetzt aus unzähligen Federn unterschiedlicher Herkunft, mit Kopf und Beinen und Füßen. Das ganze Bild wurde zusammengehalten von verkrustetem Vogelblut, mit dem die vielen bunten Federn an die Wand geklebt waren.

Auf dem Fußboden vor dem Bild waren etwa ein Dutzend Wachskerzen aufgereiht, die den schwachen Lichtschein hergaben und das grausige Gemälde von untern flackernd beleuchteten. Und davor, mit einem langen, zittrigen Schatten in Richtung Eingang, saß eine zusammengesunkene Gestalt in dem Klappstuhl, den er vom Container mitgenommen hatte: Marc Rückers, das Gesicht zu Boden gesenkt, die Augen geschlossen.

Melanie Janske wollte sich auf ihn stürzen, aber Müller hielt sie zurück. Bevor er noch etwas sagen konnte, murmelte Rückers kaum hörbar:

„Ich wusste, dass Ihr kommen würdet. Er hat
Euch geschickt. Aber Ihr habt keine Macht über
mich." Schweigen. Janske schluchzte. Müller ging
zu Rückers:

„Komm, steh auf. Wir gehen nach oben."

Rückers ließ sich willenlos führen. Oben
angekommen, verschloss Müller den Keller. Er hielt
Rückers noch immer am Arm:

„Ruf die Polizei."

Janske wählte den Kurzruf und schilderte
jetzt wieder ganz ruhig die Lage: „Die schicken die
Wasserschutzpolizei wegen des Bootes. Sind in
einer halben Stunde hier."

„OK. Ich bleib mit ihm hier. Geh Du zurück
und empfang die Polizisten, damit die den Weg
finden."

„Und wenn der abhaut?"

„Wo will der denn hin?"

„Egal. So geht das nicht."

Da lag das Netz, blutig und voller Federn.
Janske zerrte es herbei. Als Rückers, der bis jetzt

210

geschwiegen hatte, sah, was sie vorhatten, wollte er sich losreißen. Gemeinsam warfen sie ihn zu Boden, zogen mit einiger Anstrengung das Netz über ihn und rollten ihn darin ein.

„So, nun kannst Du gehen. Der kommt da nicht raus."

Melanie Janske ging allein den ganzen traurigen Weg zum Container zurück.

Das Verhör

„Ich habe ihn zerquetscht."

„Wen?" fragte Kommissar Falko Naumann zum dritten Mal.

„Old Granddad", antwortete Marc Rückers zum dritten Mal.

Sie saßen zu viert in einem Verhörzimmer an der Liepgartener Strasse: er, der Kommissar, Amtsarzt Dr. Bernd Klimmer und die Psychologin Erika Nolte. Hauptkommissar Wolter nahm nicht teil. Er war zu beschäftigt mit den Bootsraubzügen. Außerdem handelte es sich bei dem Vorfall auf dem Riether Werder wohl um einen Fall von Sachbeschädigung oder Vandalismus, vielleicht

Tierquälerei, aber nicht um ein Kapitalverbrechen.
Er hatte wichtigere Dinge zu tun.

Den Dreien ging es aber zunächst einmal darum, sich ein Bild über den Geisteszustand des jungen Mannes zu machen. Dass er verwirt war angesichts dessen, was er angerichtet hatte, stand außer Frage. Für Naumann war das ein Fall für die Psychiatrie. Hauptkommissar Schnur von der Wasserschutzpolizei hatte ihn an Wolter übergeben, nachdem er und seine Leute ihn im Zuge von Amtshilfe vom Riether Werder geholt hatten. Seine Personalien hatten sie vom Freundeskreis erhalten. Über seine verwandtschaftlichen Beziehungen schwieg er sich bis jetzt aus, sodass man ihn aus Gründen der eigenen Sicherheit hier oder in einer Anstalt behalten musste, bis man jemanden gefunden hatte, der die Verantwortung übernehmen wollte. Ein Haftbefehl lag nicht vor.

„Wer war Old Granddad?"

„Er wollte mich beherrschen. Er wollte über die ganze Insel herrschen. Er hat schon meinen Vorgänger umgebracht."

„Wie sah er aus?"

„Er hatte Flügel und Hörner."

Naumann blickte zu den Fachspezialisten hinüber. Die machten sich Notizen, stellten aber keine Fragen. Dieses war erst einmal ein Polizeiverhör. Daran sollten sich später Einzelgespräche anschließen.

„Wann ist er gekommen?"

„Er war schon immer da. Dafür gibt es Beweise."

„Meinen Sie zum Beispiel den hier?"
Naumann schob ihm einen Zettel hinüber:

ACHTUNG! HÜTE DICH VOR OLD GRANDDAD!
ER FOLGT DIR ÜBERALL HIN.

„Ja, den hat mein Vorgänger geschrieben. Ich habe ihn hinter dem Spiegel gefunden."

„Wir auch."

„Er hat mich manipuliert. Ich habe seinen Namen ausgesucht, aber mein Vorgänger hatte ihm denselben Namen gegeben. Er ist in unsere Gehirne eingedrungen."

Naumann winkte der Psychologin zu, und beide verließen kurz den Raum:

„Wir haben eine Schriftprobe von ihm genommen. So, wie es aussieht, hat er den Zettel selbst geschrieben. Das grafologische Gutachten zur Bestätigung kommt noch. Sollen wir ihn damit konfrontieren?"

„Wird nichts nützen. Er wird Ihnen nicht glauben und behaupten, das Monster würde auch Sie kontrollieren. Alles deutet auf Schizophrenie hin."

„Gut machen wir weiter."

Naumann und Dr. Nolte gingen wieder rein. Die Befragung wurde fortgesetzt:

„Erzählen Sie uns von Ihrer Wohnung auf der Insel. Wie hat Ihnen die gefallen?"

„Es war alles gut, die Versorgung besonders, nur einsam."

„Einsam, weil Sie allein dort waren?"

„Ja, nur ich und Old Granddad. Aber nachts gab es Geräusche."

„War das Old Granddad?"

„Nein, der hatte nichts damit zu tun. Das war so ein Kratzen und Schaben."

„War das jede Nacht so?"

„Nein, nicht immer. Nur manchmal."

„Und hatten Sie Angst?"

„Zuerst, aber dann hatte ich mich daran gewöhnt. Ich wusste, dass ich nicht allein auf der Insel war."

„Weil Old Granddad da war?"

„Nein, da war noch jemand."

„Wie hieß der denn?"

„Der hatte keinen Namen. Ich habe ihn ja nie gesehen."

„Und woher wissen Sie, dass da jemand war?"

„Ich habe seine Spuren gesehen."

„Wir unterbrechen für eine Kaffeepause. Dr. Klimmer, leisten Sie Herrn Rückers noch etwas Gesellschaft? Ich lasse Kaffee bringen."

Naumann und Nolte gingen auf den Flur hinaus zum Kaffeeautomaten:

„Frau Nolte, ist es möglich, dass ein Mensch in solcher Verfassung wie der Rückers, objektive Beobachtungen machen kann und das auch so wiedergibt?"

„Grundsätzlich schon. Er muss ja auch seinen Alltag meistern, hat Berichte geschrieben, …."

„…. die offensichtlich fingiert waren."

„Zuletzt ja, die ersten wohl nicht. Er wusste ja auch, wann das Boot kam, er konnte seinen Computer bedienen, alles ganz normale Fähigkeiten."

„Das bedeutet, dass wir bei seinen Aussagen sehr vorsichtig sein müssen. Manches ist wahr und brauchbar, anderes Verwirrung. Sie müssen mir dabei helfen, Klarheit in die Sache zu bringen. Er sprach zuletzt von Spuren. Das kann eine objektive Beobachtung sein oder wieder so ein Beweis wie sein selbstgeschriebener Zettel. OK, gehen wir wieder rein."

Naumann nahm zwei Kaffeebecher mit, und dann ging es weiter. –

„Erzählen Sie mir etwas mehr von den Spuren, die Sie gesehen haben."

„Die gingen direkt bis vor den Container."

„Woher kamen die?"

„Aus dem Schilf, und das Gras war niedergetreten. Und dann hat er auch zu mir gesprochen."

„Also haben Sie ihn doch gesehen?"

„Nein, er war ein Stück hinter mir. Ich habe es gespürt und eine Stimme gehört."

„Was hat er gesagt?"

„Das konnte ich nicht verstehen."

Naumann wechselte das Thema. Es ging um den Keller in dem verfallenen Bauernhof. Nach einer weiteren halben Stunde beendeten sie die Befragung. Die Einzelgespräche zwischen Rückers, dem Arzt und der Psychologin sollten am Nachmittag geführt werden. Naumann nahm Frau Nolte noch einmal zur Seite.

„Was halten Sie von der Spur im Gras?"

„Da kann was dran sein. Allerdings – die Stimme, die er anschließend nach seiner Entdeckung hört – das klingt schon wieder ziemlich paranoid."

„Heißt das, dass er etwas objektiv Existierendes wahrnimmt, und – statt es normal zu verarbeiten – es bei ihm dann wieder eine Wahnvorstellung auslösen kann?"

„So oder so ähnlich."

***

Man hatte mittlerweise seine Mutter in Hameln ausfindig gemacht. Rückers würde in eine

psychiatrische Klinik in Hannover eingewiesen
werden. Der Amtsarzt würde ein vorläufiges
Gutachten erstellen. Der Freundeskreis hatte
Anzeige erstattet. Für Wolter schien der Fall damit
abgeschlossen.

Falko Naumann rief im Büro in
Leopoldshagen an. Müller meldete sich. Melanie
Janske hatte sich krank gemeldet:

„Ich brauche Euer Boot. Kann mich einer
rüberfahren?"

….

„Spurensuchen."

Zwei Stunden später stand Naumann vor dem
Container. Müller neben ihm. Der Kommissar
brauchte nicht lange zu suchen. Auf einen Blick
hatte er den schmalen Trampelpfad erkannt. Der
konnte natürlich von Rückers selber sein. Die beiden
Männer gingen ins Gestrüpp. Nach knapp einhundert
Metern entdeckten sie die kleine Bucht im
Schilfgürtel – und die Schleifspuren.

„Da hat jemand ein Boot an Land gezogen",
bemerkte Sven Müller.

„Sieht ganz danach aus."

Wolters Einsatz

Als Naumann auf die Dienststelle zurück kam, hatte Wolter schon nach ihm gesucht.

„Ich war noch einmal auf dem Werder", berichtete er.

„Wieso das?"

„Ich bin einem Hinweis des Rangers nachgegangen."

„Der ist doch komplett verwirrt. Reine Zeitverschwendung. Der Fall ist für uns abgeschlossen. Der Freundeskreis soll sich wegen des Schadens mit ihm auseinandersetzen. Ob ihm jemals der Prozess gemacht wird, steht in den

Sternen. Wir haben auf der Insel nichts mehr verloren."

„Er hatte mir von einer Spur berichtet, die ich tatsächlich dort vorfand."

Naumann erzählte. „Weißt Du, Du hast uns allen selbst gesagt: ab jetzt wird jedem noch so winzigen Hinweis nachgegangen. Er sagte auch etwas von nächtlichen Geräuschen. Ich gehe davon aus, dass er gelegentlich unwissentlich Besuch bekommen hat. Vielleicht gibt es da ja eine Verbindung zu unseren Fällen."

Wolter dachte nach. Dann drehte er sich auf dem Absatz um: „Wir treffen uns alle um vier zur Lagebesprechung."

Um 16:00 Uhr stellte Wolter seinen Plan vor. Man würde ihn auf den Riether Werder morgen Nachmittag absetzen, damit er die Nacht im Container verbringen konnte. Das Boot würde wieder zurückgeführt und in Rieth festgemacht werden, damit kein Verdacht aufkommen konnte. In

Rieth selbst würden Nicole Reuter und Stefan Kirn sich verbergen und die Zufahrt zum Anlegerplatz beobachten. Wolter rechnete damit, dass – wenn überhaupt – die illegalen Besucher von Rieth aus übers Wasser zum Werder setzen würden. Wenn sie auf der anderen Seite angekommen wären, würden Reuter und Kirn auf einen Anruf von Wolter hin übersetzen. Naumann würde die Stellung im Kommissariat halten. Außerdem sollte er heute noch so schnell wie möglich die Besitzer der in Rieth liegenden Boote ausfindig machen.

„Was hat den Ausschlag für Deine Meinungsänderung gegeben?" fragt Naumann.

„Zwei Dinge: zuerst Dein Einwand, keinen Hinweis auszulassen. Und dann … Ich habe mir noch einmal den Obduktionsbericht von dem vorletzten Vogelwärter durchgelesen. Wir hatten das damals nicht richtig ernst genommen, weil der voll Drogen war. Aber, das war kein Junkie. Der hatte nur einen einzigen Einstich, sonst nichts. Und der

Einstich war nicht im Arm, sondern an der Halsschlagader."

***

Kommissar Naumann hatte alle Bootsanleger gefunden. Alles war in der Regel, aber Namen und angegebene Adressen besagten ja noch gar nichts. Weitere Recherchen sollten, wenn erforderlich, später durchgeführt werden. Sein Chef befand sich seit dem späten Nachmittag im Wohncontainer auf der Insel, Kirn und Reuter waren noch ein Eis in der Dorfgaststätte essen gegangen. Als es dämmrig wurde, nahmen sie ihre Positionen hinter dem Kiosk an dem kleinen Yachthafen am Waldrand ein. Ein langweiliger Abend begann. Sie meldeten sich kurz bei Wolter per mobil und bestätigten, dass alles gesetzt sei.

Die Stunden bis Mitternacht vergingen quälend langsam. Es wäre ja reiner Zufall, wenn ausgerechnet heute irgendwelche Leute hier auftauchen würden. Aber heute war ein Tag wie jeder andere auch. Also – warum heute nicht?

Um Viertel nach Zwölf hörten sie einen Wagen kommen. Es war ein Geländewagen. Er parkte seitlich am Waldrand. Zwei Männer stiegen aus – ein großer schlanker und ein kleiner untersetzter. Sie gingen neben der geschlossenen Schranke her zum Bootssteg. Nicole Reuter nahm ihr Nachtglas:

„Sie machen das Ruderboot los."

„So etwas hab ich mir gedacht. Der Typ in der Hütte drüben hat auch nie ein Motorengeräusch gehört."

Reuter rief Wolter an. Zwei Männer würden in Kürze anlegen.

Wolter gab die Anweisung, zu warten. Er wollte zuerst sehen, was die Männer machten. Er saß allein im Dunkeln am Tisch im Container und stierte durch eine der seitlichen Glasscheiben in die Nacht hinaus. Der zunehmende Mond trat gelegentlich hinter den vorbeiziehenden Wolken hervor. Sonst war nichts zu erkennen. Etwa eine Viertelstunde nach dem Signalanruf von Nicole Reuter hörte er das erste Geräusch. Es kam von unter dem Container her: ein Kratzen und ein Schaben. Wolter entsicherte seine Dienstwaffe, öffnete vorsichtig die Außentür und stieg langsam die wenigen Stufen hinunter. In der linken Hand hielt er seine Stablampe. Die Geräusche hatten aufgehört. Wolter schaltete die Lampe ein und hielt den Strahl unter den Container.

Das ganze dauerte nur wenige Sekunden. Im Lichtkegel erkannte er zwei Männer, die seitlich am Container hockten. Zwei Waschbetonplatten unter der auf Stelzen stehenden Behausung waren zur Seite geschoben worden, darunter war ein Loch sichtbar, aus dem der kleinere Mann gerade etwas herausholte und in seinen Rucksack verstauen wollte, als das Licht anging.

„Polizei", rief Wolter, als der Schuss fiel. Dann sah und hörte er nichts mehr.

Am anderen Ufer hatten Sie den Schuss auch gehört. Reuter rief Wolters Mobiltelefon an. Nach sechsmaligem Klingeln sprang die Voicebox an. Reuter versuchte es noch einmal.

„Hat keinen Zweck. Wir müssen rüber", entschied Kirn.

Sie rannten zu ihrem Boot, warfen den Motor an und brausten los. In ihrer Eile und wegen der Dunkelheit bemerkten sie das Ruderboot nicht, das sich die Insel entlang vom Container wegbewegte.

„Heinz, Heinz", rief Kirn und erhielt keine Antwort, als sie angelandet waren. Sie zogen ihre Waffen. Die Tür zum Container stand offen, vor den Treppen lag Wolter. Er stöhnte, war nicht bei Bewusstsein. Niemand sonst war in der Nähe. Kommissarin Reuter machte ein erstes Amtshilfeersuchen. Sie rief Hauptkommissar Schnur von der Wasserschutzpolizei an und schilderte die Lage. Er würde ein Rettungsboot samt Arzt rüberschicken. Das zweite Ersuchen ging an Staffelführer Jens Siepker von der Bundespolizei in Altwarp. Sie brauchte einen Hubschrauber mit Warmbildkamera für die Jagd auf zwei Verdächtige

zu Wasser und zu Lande rund um den Warper See.
Es verging einige Zeit, bis der Wachhabende
Siepker ans Telefon brachte. Siepker war
grundsätzlich einverstanden. Sie hatten ja schon
früher zusammengearbeitet, und Wolter war ein alter
Freund. Aber der Helikopter musste erst startklar
und ausgerüstet, die Besatzung zusammengestellt
werden. Das dauerte.

Inzwischen war Kirn mit seiner Stablampe
den schmalen Trampelpfad entlang gegangen, den
Naumann ihnen beschrieben hatte. Er war auch zu
der Stelle gekommen, wo vor Kurzem noch ein
Ruderboot gelegen hatte. Alles war frisch
niedergetreten worden.

„Das Boot ist weg. Hier ist keiner mehr."

Nicole Reuter hatte die Einschussstelle in
Wolters Brust gefunden. Er blutete stark und hustete
Blut. Beeil Dich, Schnur! Beeil Dich!

Kirn leuchtete den Container von allen Seiten
ab und fand das Versteck und die beiden
verschobenen Bodenplatten. In dem Loch lagerten

jede Menge Wertsachen: Mobiltelefone, Uhren, Schmuck, Bargeld, Kreditkarten. Kirn ging zu ihrem Boot zurück und holte eine Plastiktüte, in die er alles einfüllte. Dann alarmierte er die Spurensicherung.

Von ferne sahen sie die Positionslichter eines größeren Bootes, das sich rasch auf die Insel zu bewegte.

Im Wacholdertal

Die beiden Männer hatten sich entschlossen, nicht nach Rieth zurückzurudern. Sie vermuteten – zu Recht – die Polizei am anderen Ufer. Also gaben sie ihren Wagen auch auf. In ihren Rucksäcken trugen sie nur einen Teil ihrer Beute – nämlich das, was sie vor ihrer Flucht noch schnell zusammenraffen konnten. Sie wussten, dass der Rest der Beute im Versteck für immer verloren war. Dahin konnten sie niemals mehr zurück, außerdem würde die Polizei ihn vor ihnen dort finden. Sie gingen davon aus, dass derjenige, den einer von ihnen angeschossen hatte, nicht allein war.

Dann hörten sie schon den Motor des Polizeibootes. Nichts wie weg. Der schlanke Blonde kannte sich in dieser Gegend besser aus als sein ausländischer Kumpan. Er schlug vor, an der Insel entlang zu rudern, sie halb zu umrunden und dann nach Altwarp abzustechen. Nahe beim Fischereihafen gab es noch einen kleinen Sportclubhafen. Dort in der Nähe wollten sie landen und dann zu Fuß weiter.

Die Ruderei war anstrengend, aber sie wussten, dass die Verfolgung noch nicht aufgenommen war: zuerst musste der angeschossene Bulle versorgt und abtransportiert werden. Oder war der schon tot? Außerdem wussten die nicht, wohin sie abgehauen waren. Nach einer guten halben Stunde kamen sie in die Nähe ihres vorläufigen Zieles. Es war zwar Nacht, aber gelegentlich kam der Mond hervor, und dann sahen sie einige weiße Masten in seinem Licht. In diesem Moment schreckte sie ein Knattern auf – ein Hubschrauber kreiste über dem Werder. Der würde die ganze Umgebung absuchen.

„Los ins Wasser. Ist hier nicht tief. Und dann ins Schilf!" befahl der Lange.

Das Wasser ging ihnen bis zum Gürtel, aber sie hatten nur noch 20 Meter bis zum Ufer. Der Helikopter bewegte sich jetzt von ihnen weg. Keuchend und fluchend erreichten sie den Schilfgürtel.

„Bis zur Straße sind es noch gut hundert Meter. Das ist die Hafengasse. Los Beeilung."

„Und dann?" fragte der Kleine.

„Weiter."

Den unerschlossenen Schilfgürtel zu durchdringen war richtige Arbeit, aber sie schafften es schließlich und landeten bei den letzten drei Häusern von Altwarp. Dahinter war die Straße zu Ende. Dann kamen die Dünen. Das Knattern kam wieder näher. Sie hatten die Wahl: über die kahlen Dünen mit dem Risiko, entdeckt zu werden oder hinten herum: da stand Eichengebüsch, aber der

233

Weg führte ins Nichts. Der Blonde deutete nach vorne über die Dünen. Sie fielen einige Male hin, als sie in dem tiefen trockenen Sand ausrutschten, und als sie oben angekommen waren, war der Helikopter fast über ihnen. Sie rollten sich auf der anderen Seite der Düne hinunter, durchquerten eine weite Heidefläche und erreichten schließlich erschöpft einen Waldrand, in den sie sich verkrochen und eine Pause einlegten.

„Bin sicher, die haben uns gesehen", befürchtete der Kleinere.

„Kann schon sein, aber jetzt haben wir dichtes Gehölz. Da finden sie uns nicht."

„Aber mit Hunden."

„Bis die hier sind, sind wir über alle Berge."

„Wohin willst Du?"

„Ins Wacholdertal."

„Wo ist das denn?"

„Noch zwei, drei Kilometer. Da sind wir erst einmal in Sicherheit."

Sie bewegten sich jetzt deutlich langsamer am Waldrand, der alten militärischen, jetzt gesperrten Südstraße, die von Altwarp nach Vogelsang-Warsin führt, entlang. Der Hubschrauber war nicht mehr zu hören. Nach einer halben Stunde überquerten sie den Fahrdamm und stiegen ins Wacholdertal hinab. Bis ganz nach unten auf den Talboden. Es war stockdunkel, kein Mond, keine Sterne. Sie mussten sich an stacheligen Wacholderbüschen entlang den verschlungenen Pfad hinuntertasten. Endlich gebot der Blonde Halt.

„Hast Du was zu trinken?"

„Woher? Das Einzige, was noch in der Flasche ist, die ich dabei hab, ist der Rest von dem Giftzeug. Willst Du das?"

„Halt´s Maul und leg Dich hin. Hier sind wir erst einmal sicher."

Die Beiden streckten sich auf ihren Rücken aus und atmeten tief durch. Der Kleinere versank augenblicklich in Tiefschlaf. Der andere spürte unter seiner rechten Hand einen dicken Kieselstein –

doppelt so groß wie eine Männerfaust. Es war still hier im Tal. Ab und zu raschelte ein Nachttier, aber ansonsten war zu dieser Zeit nichts mehr zu hören. Alles ruhte. Der Mann wartete eine gute Viertelstunde, dann schlug er zu – direkt ins Gesicht seines Kompagnons. Der zuckte beim ersten Schlag, beim zweiten kaum noch, aber sein Freund schlug ihm den Stein immer wieder ins Gesicht, bis er sicher war, dass der andere tot war. Dann leerte er den Inhalt von dessen Rucksack in den seinen, stand auf und kroch langsam aus dem Tal heraus bis zur alten Südstraße. Er nahm die Richtung nach Vogelsang. Dort in den Wäldern am Haff würde er sich eine Weile verstecken. Alleine kam er besser durch.

Beim Juwelier

Andrea Friedrichs, 30 Jahre alt mit sportlicher Figur, schob ihr Fahrrad durch den Vorgarten ihres kleinen Häuschens in Richtung Durchgangsstraße in Grambin. Knüpfte ihren Anorak zu. Ihre Handtasche und einen Beutel mit Geschäftskleidung inklusive Schuhe hatte sie hinten auf dem Gepäckträger in einem Drahtkorb verstaut. Ihren Sohn Dennis hatte sie schon vorher zur Kita gebracht. Ihr Mann Stefan war schon lange vor ihr auf die Baustelle gefahren. Es war 09:00 Uhr. Um 10:00 Uhr musste sie den Juwelierladen in Ueckermünde an der Hauptstraße gegenüber der Kirche geöffnet haben. Es gab keinen Gegenwind, und bei diesem Wetter würde sie schon eine halbe Stunde vorher angekommen sein.

Und so war es auch. Sie stellte ihr Rad in einer nahe gelegenen Passage ab und ging dann in den Laden, verschloss die Eingangstür aber zunächst wieder hinter sich, damit sie in Ruhe ihre Fahrrad-Klamotten gegen diejenigen, die sie mitgebracht hatte, auswechseln konnte. Erst dann fuhr sie die Gitter vor den Fenstern hoch und schloss die Eingangstür endgültig auf. Der Betrieb draußen ließ sich langsam an. Die Lieferanten für die Läden nebenan waren schon wieder verschwunden, aber viel Publikum war noch nicht auf den Beinen. Gegenüber auf den Bänken vor der Kirche unter schattigen Bäumen saßen einige alte Männer, auf der einen ein Penner, den sie nicht kannte.

Frau Friedrichs begann damit, einige Auslagenstücke zu ordnen, schaltete die Kasse ein, und wollte gerade mit einem Staubtuch über die Vitrinen gehen, als die Tür ging. Sie drehte sich um, und im Raum stand eine verkrustete Gestalt. Nach

Aussehen von Haaren, Gesicht und Händen und nach der Duftwolke, die ihr entgegen quoll, zu urteilen, war es schon lange her, dass dieses Individuum sich zum letzten Mal gewaschen hatte. Kein solventer Kunde für ein Juweliergeschäft. Sie wusste, was jetzt kommen würde.

„Morgen."

„Guten Morgen. Kann ich etwas für Sie tun?"

„Ja, sicher", krächzte die Gestalt, ein groß gewachsener Mittvierziger mit blonden Haaren, der eine schmutzige, fleckige Cargohose voller Grasflecken und Löchern trug, das T-Shirt – bei dieser Temperatur nicht mehr ganz angemessen – war ein einziger Lumpen ohne erkennbare Farbe.

Der Mann nahm seinen Rucksack, dessen Äußeres ganz zu seiner sonstigen Erscheinung passte, herunter, öffnete ihn und zog zwei, drei Schmuckstücke hervor, die er klimpernd auf die Glasplatte des Verkaufstischens fallen ließ:

„Kaufen Sie Gold an?"

„Ja."

„Ich habe hier einige Sachen, die ich Ihnen gerne anbieten möchte."

Der Mann kramte noch Einiges mehr hervor, schaute die Dame dann erwartungsvoll an. Von dem halben Dutzend Exemplaren waren mindestens vier wertloser Modeschmuck. Bei den beiden Armreifen stutzte die Verkäuferin. Solche Teile hatte sie schon einmal gesehen. Das waren echte Kunstwerke.

„Darf ich?" fragte sie und griff mit spitzen Fingern nach einem. Das Gewicht stimmte. Sie schaute nach innen. Der Stempel auch.

„Wo haben Sie die her?"

„Ich habe die ganze Sammlung geerbt. Eine Schwester meiner Mutter ist gestorben, und die hat mir das alles vermacht. Ich hab noch mehr davon."

„Ach so ....", Andrea Friedrichs hatte genug in der Zeitung gelesen, dass ihre inneren Alarmglocken jetzt anschlugen: „Also, wenn wir ins Geschäft kommen wollen, dann benötige ich Ihren Personalausweis."

„Wieso das denn?"

„Das ist das übliche Verfahren. Wir sind gehalten, die Identität des Verkäufers festzuhalten, wenn sich nachher einmal herausstellen sollte, dass es sich zum Beispiel um Diebesgut oder Hehlerware handelt, damit wir uns nicht strafbar machen. Wir müssen das sicherstellen. Das ist so gesetzlich geregelt."

Der Mann wurde nervös. Erregt fuhr er die Frau an:

„Meinen Sie etwa, ich hätte das gestohlen? Was fällt Ihnen ein. Das sind gute, ehrliche Sachen. Wie viel geben sie mir für die paar Teile? Ich habe noch reichlich."

„Ich brauche Ihren Ausweis...."

Der Mann drehte seinen Kopf und blickte zur Tür hinaus. Als er sich wieder umdrehte, blickte Andrea Friedrichs in die Mündung einer Pistole.

„Los, Kasse öffnen. Kohle her."

Die Verkäuferin ging langsam mit zittrigen Schritten zur Kasse. Sie wusste, was sie tun musste,

241

öffnete die Kasse und entnahm zweihundert Euro in kleinen Stückelungen.

„Ist das alles?"

„Das ist das Wechselgeld. Wir hatten heute noch keine Einnahmen. Das ist alles, was ich habe."

Der Mann riss das Geld an sich, stopfte es in seinen schmutzigen Rucksack. Und wollte gerade fluchtartig das Geschäft verlassen, zögerte aber dann und ging zurück zur Verkaufstheke. Unter der Glasplatte lagen hübsch aufgereiht reihenweise Trauringe.

„Her damit", er zeigte auf den Schmuck.

Die Frau stand jetzt wieder hinter dem Tresen. Mit ihrem Knie betätigte sie unterhalb der Laden den Alarmknopf.

„Dazu muss ich einen Schlüssel holen. Der ist im Nebenraum."

„Los, rein da."

Der Mann kam mit, hielt ihr die Waffe in den Rücken. Sie öffnete den kleinen Schlüsselschrank, nahm einen heraus und ging zurück in den

Verkaufsraum, öffnete langsam die Tischplatte und holte das erste Steckkissen von Trauringmodellen heraus. Es waren alles Attrappen. Er hielt ihr die Öffnung seines Rucksacks hin:

„Da rein, los."

Sie gehorchte. Das Herz schlug ihr bis zum Hals. Bald musste jemand kommen. Ein kurzer Blick auf die Straße: keine Kundschaft in Sicht, aber sie hatte ja den Alarm ausgelöst. Bei dem zweiten Steckkissen bemerkte sie ein langsam vorbei fahrendes dunkles Zivilfahrzeug. Der Wagen hielt ein Stück weiter vor dem kleinen Café.

***

Der Alarm hatte das Kommissariat um kurz nach 10:00 Uhr erreicht. Kommissar Naumann war gerade herein gekommen. Er hatte im Krankenhaus seinem rekonvaleszierenden Chef noch einen Besuch erstattet. Hauptkommissar Wolter war wieder bei Bewusstsein und in guter Pflege. Er würde wohl noch zwei Wochen im Krankenhaus bleiben müssen, dann käme die Reha. Während dessen hatte Falko Naumann das Sagen an der Liepgartener Strasse.

Sofort nach dem Alarm scheuchte er seine Kollegin Nicole Reuter auf. Stefan Kirn war woanders unterwegs. Reuter nahm einen Streifenwagen, er den neutralen Dienstwagen. Weniger als zehn Minuten später parkten sie gegenüber der Kirche keine zwanzig Meter vom Juweliergeschäft entfernt. Nicole Reuter sicherte die Umgebung vom Eingang einer Apotheke aus. Als Naumann die drei Stufen zum Geschäft hinaufgegangen war, übersah er die Situation im Inneren mit einem Blick durch die Glastür. Er riss die Tür auf und blickte in die Mündung einer Schusswaffe. Aber er war schneller. Er schoss zuerst.

Anmerkungen zum Riether Werder

Der Riether Werder existiert. Er existiert sogar dort wie in diesem Buch beschrieben – allerdings nicht in der Beschaffenheit wie in dem Roman. So wie die handelnden Personen und die Handlung selbst reine Fiktion sind, gibt es auf der Insel keinen Wohncontainer und kein Unterwasserkabel. Die realen Ruinen dort sehen auch anders aus. Ein permanent vor Ort anwesender Vogelwart wurde nie eingesetzt. Allerdings gibt es einen verantwortlichen Führer für die Insel, die unter Naturschutz- und Betretungsverbot steht, unter dessen Begleitung Begehungen vorgenommen werden können. Die Beweidung von Teilen des

Werders durch sich selbst überlassene Rinder ist in der Vergangenheit durchgeführt worden. Der Vogelbesatz wird regelmäßig kontrolliert und gezählt. Betreut wird die Insel durch den Förderverein für Naturschutzarbeit Uecker-Randow-Region in Ferdinandshof und nicht durch die fiktive Organisation „Freundeskreis des Riether Werders".

247

248

FSC
www.fsc.org

MIX

Papier aus ver-
antwortungsvollen
Quellen
Paper from
responsible sources

FSC® C105338